天下莊主 천하장주

FANTASTIC ORIENTAL HEROES

목염 新무협 판타지 소설

천하장주 2

목염 新무협 판타지 소설

초판 1쇄 찍은 날 § 2011년 12월 22일
초판 1쇄 펴낸 날 § 2011년 12월 29일

지은이 § 목염
펴낸이 § 서경석

편집부장 § 권태완
편집책임 § 박우진

펴낸곳 § 도서출판 청어람
등록번호 § 제1081-1-89호
등록일자 § 1999. 5. 31
어람번호 § 제2-2188호

주소 § 경기도 부천시 원미구 심곡2동 163-2 서경B/D 3F (우) 420-822
전화 § 032-656-4452 팩스 § 032-656-4453
http://www.chungeoram.com
E-mail § chungeoram@chungeoram.com

© 목염, 2011

ISBN 978-89-251-2727-9 04810
ISBN 978-89-251-2725-5 (세트)

天龍도

천하장주

목염 新무협 판타지 소설
FANTASTIC ORIENTAL HEROES

②

도서출판 청어람

第一章 과거의 인연

　장원에서 가장 높은 전각의 지붕 위.

　능사운은 그곳에서 팔베개를 한 채 드러누워 있었다. 그
는 구름 한 점 없는 투명한 하늘을 올려다보며 탄식을 쏟아
냈다.

　"하아, 벌써 중추절(仲秋節)이구나."

　오늘 밤에는 필히 둥근 보름달이 뜨리라.

　과거 낭인왕 시절 때는 바빠서 미처 느끼지 못했다. 그런
걸 챙길 여유가 없었다.

　하지만 지금은 상황이 달랐다. 그는 더 이상 낭인왕 조진

산이 아니라 그냥 능사운일 뿐이다.

능사운이 된 지금에도 그때랑 크게 달라지지 않은 현실에 가슴이 답답했다.

"올해도 홀로 보름달을 보겠구나. 그 녀석들도 어딘가에서 보고 있으려나?"

본래 중추절은 멀리 흩어졌던 가족들과 함께 보내는 명절로 그는 이맘때가 되면 유독 동생 생각이 간절히 났다.

그가 옛 추억을 떠올리며 감상에 잠겨 있을 때,

지붕 아래에서 욕설이 튀어나왔다.

"빌어먹을 놈아, 눈깔이 대가리 뒤에 달렸냐?"

"그러게 앞을 보고 다녀야지."

보나마나 장석대와 왕봉구가 분명했다.

하루도 싸우지 않으면 이상할 정도로 둘은 서로 앙숙이었다.

능사운이 미간을 찌푸렸다.

"저놈들은 중추절인데 확 집구석에나 가버리지, 뭐한다고 여기 남아서 또 지랄이야?"

하인들만 생각하면 입에서 욕지기가 튀어나왔다.

그들이 있어 장원이 시끌벅적해진 것은 분명했으나 필요 이상으로 소란을 피우는 통에 능사운은 가끔 인내심에 한계를 느끼곤 했다.

"저걸 그냥 패? 아니야. 저러다 또 말겠지."

능사운은 몸을 움직이기 귀찮아 그들을 애써 무시하고 눈을 감았다.

소슬바람이 기분 좋게 그의 얼굴을 간질거렸다.

그렇게 얼마나 지났을까?

지붕 아래에서 황덕칠이 그를 불렀다.

"장주님!"

잠시도 자신을 내버려 두지 않는 그들로 인해 이미 휴식을 취할 기분이 싹 사라졌다.

그가 신경질적으로 대답했다.

"왜?"

"어떤 분들이 찾아오셨는데요?"

"알았다. 내 집무실로 정중히 모셔라."

"예."

능사운이 몸을 일으켰다.

기다리던 사람들이 찾아온 모양이다.

중추절.

가족을 만날 수는 없으나 그를 찾아온 옛 인연들이 있었다.

*　　　*　　　*

정갈한 방 안.

방문이 열리고 세 명의 중년인이 들어왔다.

이 방의 주인인 능사운은 탁자를 사이에 두고 그들을 반갑게 맞이했다. 평소에 찾아볼 수 없는 정중함까지 더해져 있었다.

"어서들 오십시오. 예까지 오시느라 고생들이 많으셨습니다. 저는 천하장의 장주 능사운이라고 합니다."

그들은 자신들을 부른 능사운이 아직 새파랗게 어리다는 사실과 그들이 생각하던 모습과는 많이 달라 그에 대해 여러 가지 생각을 했다.

"흐음."

그러나 어쨌든 능사운이 인사를 먼저 했으니 그들도 예의상 가볍게 목례를 하며 자신들을 소개했다.

"처음 뵙겠소. 철가보의 해태진이올시다."

"안녕하쇼. 만금장의 두상엽이 나요."

"반갑소이다. 위지가의 위지홍이라 하오."

저마다 각각의 성정이 드러나는 인사에 능사운은 빙그레 미소를 지었다.

'역시 저들은 변함이 없구나.'

한편 그들은 방금 전 인사로 통성명을 한 것이나 다름이 없었다.

각자 이름은 강호에서 생활을 하다가 알게 모르게 들어본 적이 있는 이름들로 서로가 서로를 보는 시선들이 묘했다.

누구 하나 선뜻 입을 열지 못하자 이들 중 가장 연장자로 보이는 해태진이 먼저 말을 꺼냈다.

"난 그리 시간이 많은 사람이 아니라오. 서찰을 보낸 사람이 당신이 맞소?"

"그렇습니다."

두상엽과 위지홍이 해태진을 쳐다봤다. 그 둘 역시 서찰을 받고 온 터라 그들의 시선이 허공에서 복잡하게 얽혔다.

'저들도 서찰을 받고?'

그들은 자신 이외에 남은 두 사람도 능사운이 보낸 서찰을 통해 이곳에 모이게 되었다는 걸 짐작할 수 있었다.

능사운은 그들이 복잡한 표정들을 짓고 있자 먼저 웃으며 분위기를 쇄신시켰다.

"하하하! 다들 경황이 없으실 겁니다. 제가 여러분을 모신 이유는 서찰에 적힌 그대로입니다."

위지홍이 진중한 얼굴로 물었다.

"정말이오?"

"물론입니다. 일단 약조대로 각자의 물건들을 돌려 드릴

터이니 이제부터 한 분씩 저 옆문으로 들어와 주시기 바랍니다. 그러면 원하시던 것들을 받게 되실 겁니다."

"좋소이다."

능사운이 자리에 일어났다.

"먼저 철가보주께서 따라오시지요."

해태진이 능사운을 따라 옆에 있는 문 안으로 들어갔다.

방에 들어서자 능사운은 미리 준비해 놓았던 철궤(鐵櫃)를 방 안에 있는 탁자 위에 올렸다.

"여기 있습니다."

"이게……?"

"열어보시지요."

해태진은 떨리는 눈으로 철궤의 뚜껑을 살짝 열었다. 그러자 휘황찬란한 빛과 함께 마치 불구덩이에 손을 집어넣은 것처럼 손끝이 화끈화끈했다.

"으음……."

그가 신음성을 삼키며 마저 뚜껑을 열었다.

철궤 안에는 그가 그토록 찾던 극양신주(極陽神珠)가 영롱한 빛과 모든 것을 태워 버릴 듯한 지독한 열기를 뿜어내고 있었다.

해태진의 눈동자가 심하게 떨렸다. 그의 눈에서 뜨거운

눈물이 주름진 그의 얼굴 위로 떨어져 내렸다.

"크으으. 이, 이걸 내 살아생전에 다시 보다니."

"찾으시는 물건이 맞으십니까?"

"그렇소이다. 정말로 고맙소. 나 하태진, 오늘의 이 은혜를 어찌 잊을 수 있겠소이까? 꺼져 가는 우리 가문의 불을 찾아준 장주를 내 평생 은공으로 모시겠나이다. 앞으로 우리 철가보는 후대에 걸쳐 이 은혜를 두고두고 갚아나갈 것이오."

하태진이 자신보다 한참 어린 능사운을 향해 깊숙이 허리를 숙이며 연신 감사의 인사를 했다.

능사운이 머쓱한 얼굴로 머리를 긁적였다.

"아닙니다. 한데 이건 어쩌다가……?"

"그건… 백여 년 전 새외의 침공으로 당대 보주셨던 철왕과 우리 철가보도 중원무림에 힘을 보탰소이다. 그때 극양신주를 이용해 무기를 만들다가 괴인들의 공격으로… 부끄럽게도 이 극양신주를 잃어버리고 말았소이다. 그 뒤로 여러 군데 수소문을 해보았으나 찾을 방도가 없었거늘. 지금에 장주께서 이것을 건네주시다니 다시 한 번 이 해 모, 장주께 감사할 따름이오."

"아닙니다. 저야 낭인왕의 부탁으로 그저 전해만 드린 겁니다."

"정말 낭인왕과 형제가 되시는 것이오?"

"일단 다른 분들도 기다리시니 그건 나가서 말씀을 드리도록 하겠습니다."

"허허, 내 생각이 짧았소이다."

해태진이 철궤의 뚜껑을 닫았다. 그러자 신기하게도 극양신주의 뜨거운 열기가 싹 가셨다.

"아닙니다. 나가시면 위지세가의 가주님을 불러주십시오."

"알겠소이다."

해태진이 나간 뒤로 위지홍이 들어왔다.

위지홍은 방을 들어오기 전에 해태진의 표정을 봤던 터라 여러 가지로 긴장한 기색이 역력해 보였다.

'정말 원하는 물건을 돌려줄까?'

능사운은 그의 우려와 달리 탁자 위로 비단보에 꽁꽁 싸인 물건을 떡하니 올려놓았다.

"여기 있습니다."

"흐음."

위지홍이 조심스레 비단보를 풀었다.

부드럽게 비단포가 한 겹씩 풀리면서 그 안에서 누르스름한 비급서 하나가 쾌쾌한 냄새를 풍기며 드러났다.

비급서의 겉에는 '단혼절백도(斷魂絶魄刀)'라는 빛바랜

글자가 적혀 있었다.

비급서를 들고 있는 위지홍의 몸이 거세게 떨렸다.

그는 부들부들 떨리는 손으로 비급서의 책장을 한 장 한 장 넘겼다.

그리고 조용히 책자를 덮고는 그걸 품에 꼭 끌어안으며 소리없이 오열했다.

한동안 말없이 눈물만 흘리던 위지홍이 소매로 눈물을 훔치며 정중히 포권을 취했다.

"…내 먼저 장주를 의심하여 정말 미안하고 또 미안하오. 내 식견이 짧아 은인을 몰라뵈었소. 이걸 받을 자격이 있나 모르겠소이다."

"아닙니다. 그건 위지가의 것이니 위지 가주께서 받아 가시는 것이 당연하지요."

"장주의 하해와 같은 마음씨에 이 위지 모가 정말 탄복했소이다. 내 절이라도 받……."

"아이고, 아닙니다. 일어나십시오."

위지홍은 능사운에게 미안한 마음과 매우 감사한 마음이 교차하여 무릎을 털썩 꿇었다. 그러자 능사운이 놀라 황급히 그를 일으켜 세우며 말렸다.

처음 왔을 때부터 시종일관 무표정했던 위지홍의 얼굴에 그려졌던 그늘이 어느 정도 지워졌다.

그는 다시 한 번 능사운에게 감사한 마음을 전했다.

"그간 가문의 조상님을 뵐 면목이 없어 평생 한을 짊어지고 살았거늘 내 오늘 장주 덕분에 오랜 숙원을 해결할 수 있게 되었소. 우리 위지가는 평생 장주의 은혜를 잊지 못할 것이오."

"사해가 다 동도이거늘. 저야 응당 해야 할 일을 했을 뿐이니 크게 신경 쓰지 마십시오."

위지홍은 능사운의 말에 크게 감탄한 표정을 지었다. 아직 한참 어려 보이는 그가 자신보다 더 거대하게 느껴졌다.

능사운이 위지홍에게 그동안 궁금했던 것을 물었다.

"가주님, 단혼절백도가 실전된 것이 혹 새외 침공 이후부터가 아닙니까?"

"음? 허허, 그걸 어떻게 아셨소이까? 내 장주가 범상치 않다는 걸 알았거늘, 이제 비범하기까지 하는구려."

능사운은 말없이 미소만 지었다. 그러나 내심 여러 가지 생각이 들었다.

'저 아래 있는 물건들의 대부분이 새외 침공 때 소실된 모양이군. 신투는 대체 어디서 이것들을 가져왔을까?

위지홍은 그 안의 비사를 간략하게 말해주었다.

"백여 년 전 새외 침공 때 우리 위지세가 역시 중원무림에 동참했었소. 그때 단혼절백도를 유일하게 익히신 도제께서 행방이 묘연해지고 나서부터… 실질적으로 반쪽짜리 단혼도를 익힐 수박에 없었소이다."

"하하하, 이제 단혼절백도의 비급을 찾으셨으니 앞으로 위지세가가 무림을 뒤흔들겠군요."

위지홍도 그 말이 싫지는 않은지 능사운을 따라 함께 웃었다.

"허허, 부디 그랬으면 소원이 없겠소이다."

한껏 밝아진 얼굴로 위지홍이 비급을 챙겨 나가고, 마지막으로 두상엽이 방으로 들어왔다.

두상엽은 눈을 가늘게 뜨고 능사운을 노려보았다.

'정말 그가 가지고 있을까?'

앞서 나온 두 사람의 표정이 밝아진 것을 봤으나 직접 그의 눈으로 보기 전까지는 믿을 수가 없었다.

능사운은 두상엽에게 작은 봉투를 내밀었다.

"여기 있습니다."

두상엽이 빼앗다시피 그걸 낚아채 봉투를 탈탈 털어 그 안에 든 내용물을 꺼냈다.

봉투 안에서 빠져나온 것은 전표였다.

그러나 그 전표는 일반 전표가 아니었다. 특수한 재질로 만들어져 어지간해서는 찢어지지 않을 정도로 질겼으며,

무엇보다 세월이 흘러도 변질될 우려가 없었다.

두상엽이 전표를 집어 들어 눈앞에 비추어보기도 하고 혀로 핥아보기도 했다. 심지어 양 손으로 잡아당기는 등 별의별 해괴한 방법을 시도했으나 전표는 처음과 같이 멀쩡했다.

'진짜가?'

두상엽은 전표를 들여다봤다.

전표에는 대명제국의 황실에서 발급한 직인과 함께 영의 개수가 무려 열 개나 되었다. 숫자 바로 앞에 붙은 금(金)이라는 말이 이 전표가 황금 백만 냥짜리 전표임을 말해주고 있었다.

그는 마지막으로 품속에서 작은 약병 하나를 꺼냈다. 병 안에 담긴 약품은 변로수(變鹵水)로 위조 전표를 확인할 때 쓰였다. 이제 이걸 뿌렸을 때 변하지만 않는다면 진짜 전표가 확실했다.

두상엽이 긴장한 얼굴로 전표에 변로수를 한 방울 떨어뜨렸다.

변로수가 전표에 스며들었고, 전표는 처음과 같이 그대로 변한 게 없었다.

그 말이 의미하는 바, 곧 전표가 진짜라는 소리였다.

"어, 어, 어, 어."

두상엽이 말을 더듬거렸다. 그의 봉목이 점점 커지더니 이내 주름진 눈가에 눈물이 그렁그렁 맺혔다.

　"크으으으, 이 빌어먹을 전표 놈아, 왜 이제야 왔냐? 엉?"

　두상엽은 전표에 입을 연신 맞추며 진정 기뻐했다. 그리고 어색하게 미소를 짓고 있던 능사운을 꼭 끌어안고 주절주절 그간의 설움에 대해 토로했다.

　"정말 감사하오, 감사하오. 장주는 나의 구세주요. 이걸 찾는다고 내 평생 살이 쪄본 적이 없소. 으으, 무엇보다 망할 놈들이 우리 가문을 비웃을 때마다 꾹 참는 것은 얼마나 지랄 같던지. 크헬헬헬. 장주께서 이 모든 것으로부터 해방을 시켜주다니. 아아! 내 오늘 하늘을 붕붕 날아갈 것 같소."

　능사운은 두상엽의 눈물콧물이 자신의 앞섶을 적시자 영 기분이 그러했다. 하지만 저렇게 기뻐하는 그를 매몰차게 밀어낼 수도 없어 난감한 얼굴로 사정을 했다.

　"하… 하하, 알겠으니… 이건 좀 놓고……."

　"큼큼, 미안하오. 이 망할 전표 놈을 무려 백 년 만에 다시 찾아서 너무 기쁜 나머지… 흠! 내 너무 과했소이다."

　두상엽의 말을 통해 능사운은 대략의 상황을 이해할 수가 있었다.

'백 년? 역시 당시 상왕도 새외 침공에 맞서 싸웠던 모양이군.'

우연의 일치인지 세 사람 모두 가문의 중요한 것들을 새외 침공 때 잃어버렸다는 것이 영 석연치가 않았다.

"아, 이걸 찾다니! 이제야 속이 다 후련하오!"

"축하드립니다."

"크헬헬, 이게 다 장주 덕분이 아니겠소? 내 장주께 큰 은혜를 입었소이다. 내 은원에 철저한 사람이오. 이걸로 돈을 찾는다면 내 장주께 한몫 챙겨드리리다."

"하하하, 말씀만으로도 감사합니다."

두상엽은 감사의 말을 전하면서 한편으로 의아한 생각이 들었다.

"한데 장주께서는 이 전표가 탐이 나지 않았소이까? 큼큼! 나라면 부끄럽게도 전표를 꿀꺽 했을 것 같소만."

그 말에 능사운은 미리 예상이라도 했다는 듯이 빙그레 미소를 지었다.

"저도 사람인지라 욕심이 났습니다. 하나 본인의 것이 아닌 걸 탐한다면 탈이 나게 마련인 지라……."

'흘흘, 실은 지하에 그것보다 몇 배나 많은 재화가 있어 그걸 줘도 크게 상관이 없다오.'

능사운은 새삼 재물이라는 것은 많이 가지고 봐야 될 일이라고 느꼈다.

이를 모르는 두상엽은 능사운이 대범해 보였다.

"오오, 역시 마음씨가 저 황하에 버금갈 정도로 넓소이다. 내 이날까지 평생 살면서 장주처럼 이리 넓은 배포를 가진 사람은 처음이구려."

"과찬의 말씀이십니다."

능사운은 그 뒤로도 기분 좋은 칭찬을 줄줄이 늘어놓는 두상엽으로 인해 낯이 뜨거웠다. 평소 이런 칭찬을 썩 좋아하지 않는 그인지라 그를 말렸다.

"…이만 다른 분들도 기다리시니 나가서 이야기를 나누시지요."

"아차차, 그럽시다."

능사운과 싱글벙글한 두상엽이 기분 좋게 방을 빠져나왔다.

*　　　*　　　*

능사운이 탁자로 다가오자 해태진과 위지홍이 이전과는 비교도 안 될 정도로 정중히 포권을 취하며 다시 한 번 감사의 인사를 전했다.

"장주, 정말 감사하오이다."

"이 은혜를 어떻게 갚아야 할지······."

그들의 말에 능사운은 쓴웃음을 지었다.

'이거 너무 내 얼굴에 금칠을 해서 얼굴이 다 화끈거리네.'

능사운은 그들에게 자리에 권유하며 그들의 앞에 놓여 있는 찻잔에 차를 따라주었다.

"아닙니다. 일단 자리에 앉으시지요. 차로 목이라도 좀 축이십시오."

"알겠소이다."

그들은 말 잘 듣는 순한 양처럼 고분고분 능사운의 말에 따랐다. 처음 대면했을 때의 경계심은 많이 사라진 듯했다.

하지만 아직까지 그들의 얼굴에는 여러 가지 의문과 궁금증으로 가득했다.

하태진이 먼저 조심스레 말을 꺼냈다.

"정말 낭인왕의 형제가 맞으신 게요?"

나머지 두 사람도 궁금한 눈초리로 능사운의 얼굴을 들여다봤다.

그들은 눈앞에 있는 능사운이 그들이 알았던 낭인왕이라는 사실을 전혀 눈치채지 못했다.

평소 사자의 갈기처럼 지저분한 머리에 얼굴이 잘 보이지 않던 낭인왕 시절의 능사운은 그들이 생각하기에 야인(野人)에 가까운, 뼛속까지 무인인 사람이었다.

능사운은 그들이 자신을 몰라본다는 사실이 전혀 섭섭하지 않은지 가벼운 미소를 지으며 고개를 끄덕였다.

"예, 그분이 저의 의형이 되십니다."

"오, 역시 범상치 않다고 했거늘. 낭인왕의 아우 분이셨구면."

위지홍은 쉽게 납득하는 반면에 가장 연장자인 해태진은 아직 무언가 석연치 않은 점이 남아 있었다.

'낭인왕에게 이렇게 젊은 동생이 있었던가?'

"한데 낭인왕이 직접 전해주지 않고 어찌하여 장주께서 이런 수고로운 일을 하셨소이까?"

능사운은 해태진의 물음에 씩 웃었다.

'후후, 저 양반의 의심은 여전하네.'

"낭인왕이라는 이름이 가볍지가 않은지라 이런 물건들을 직접 전해주었다가는 무림의 이목을 끌게 마련이지요. 하여 보다 안전하게 전해 드리기 위해서 제게 부탁을 하신 겁니다."

"켈켈켈. 확실히 이 편이 안전하긴 하겠소."

"예. 의형께서 말씀하시길, 낭인대회가 끝나고 어수선한 낭인회의 분위기를 잡을 때까지 사람을 만나실 여유가 없다고 하셨습니다. 하여 제가 여러분을 모신 겁니다."

그들의 의구심이 어느 정도 풀렸다.

위지홍이 고개를 끄덕이며 눈앞에 낭인왕이 앉아 있는 줄도 모르고 낭인왕 걱정을 했다.

"하긴 낭인왕이 무척 바쁜 사람이지. 여기저기 바삐 다니다가 몸이라도 상하지 않았을까 걱정이오."

"하하하, 의형께서는 강철 같은 체력을 가지셨으니 걱정하지 않으셔도 됩니다."

능사운은 자신을 걱정해 주는 그의 말에 한껏 기분이 좋아졌다. 물론 자신의 앞이라서 하는 소리일 수도 있으나 저들은 자신이 낭인왕 시절 크고 작은 은혜를 입었던 사람들이다.

두상엽은 능사운의 얼굴을 물끄러미 들여다봤다.

"허어, 낭인왕이 남자답게 생겼다면 장주는 말 그대로 호남(好男)이 아니오? 내 딸아이가 아직 시집을 안 갔다면 장주께 소개시켜 주고 싶소이다."

"껄껄, 내 손녀아이가 이제 여덟이라오. 이제 한 서너 해만 지나면 딱 맞을 것 같은데… 어떻소이까?"

해태진이 동참하자 능사운이 난감한 미소를 지었다.

'뭐, 여덟 살? 이 양반들아, 당신들 손자자식의 인생은 어쩌고?'

저들이 저런 말을 하는 의도가 자신을 그만큼 좋게 생각하고 있음을 잘 아는 능사운이 완곡하게 거절했다.

"하하하, 전 아직 젊은지라 나중에 생각해 보도록 하겠습니다."

"흘흘, 나중이라면 우리 위지가도 질 수가 없소이다. 내 좋은 혼처를 알아봐 드리리다."

"감사합니다."

그들 사이에서 화기애애한 이야기꽃이 피어났다.

대부분의 이야기는 그들의 연결고리나 마찬가지인 낭인왕에 관련된 것들이었다.

위지홍은 과거의 기억을 회상하며 말했다.

"혹시 거룡방을 알고들 계시는지요?"

"거룡방? 아! 아마 몇 년 전에 이름깨나 날리던 방파가 아니오? 사황성의 혈귀대주의 동생이 방주로 있다고 소문이 파다했던 것 같소만."

"허허, 나 역시 들어본 적이 있는 것 같소. 한데 갑자기 거룡방은 왜?"

"당시에 거룡방과 저희 위지세가 사이에 분쟁이 있었습니다. 그들이 무리하게 세력을 확장하다가 저희 세가가 운영하는 객잔에서 무고한 사람을 죽였습니다. 그 일로 거룡방에게 책임을 물으니 오히려 저희 탓을 하며 싸움이 벌어졌습니다.”

“흐음.”

“만금장주께서 말씀하신 대로 혈귀대주까지 지원을 하고 나서니 부끄럽게도 당시 가세가 상당히 기운 저희 가문의 힘만으로는 턱없이 부족했습니다. 과거 친하게 지낸 문파나 세가에 도움을 청해봐도 그들은 매몰차게 거절을 하더군요.”

“허, 저런.”

두상엽의 안타까운 추임새에 이어 위지홍이 말을 이어갔다.

“그들은 적당한 선에서 화해를 하자는 말에 거절하고 무지막지하게 저희 세가에 공격을 가했지요. 아무도 도와주지 않아 이대로 끝이겠다 싶을 때, 낭인왕 그 친구만이 아무것도 바라지 않고 저희 세가를 도와주었습니다.”

“오, 낭인왕이?”

“당시에 싸움이 한창일 때 나타난 낭인왕 그 친구의 무위는 대단했지요. 그 친구 홀로 혈귀대주를 꺾고 거룡방주의 팔 하나를 잘라 버렸지요.”

해태진이 맞장구를 쳤다.

“흘흘, 그 친구가 무공 하나는 기똥차지요.”

“괜히 무림십왕이 아니지 않겠소?”

"하하하!"

"그 친구는 싸움이 끝난 뒤에 소박하게 자신과 그가 데리고 온 낭인들에게 목을 축이게 술을 한잔씩 대접해 달란 말 이외에 다른 걸 요구하지 않았소이다. 그때 그의 성정에 반해 이 위지 모와 친구가 되었소."

"허허, 그러셨구려."

해태진과 두상엽이 고개를 끄덕이며 수긍했다.

한편, 이야기를 듣고 있던 당사자 능사운은 콧잔등을 긁적이며 머쓱한 표정을 지었다.

'그때 객잔에 우리 낭인회 낭인의 여동생이 섞여 있어서 나섰던 건데… 뭘 저리 거창하게 이야기를 하는지 원. 하하, 그래도 칭찬해 주니 기분은 좋네.'

두상엽이 진중한 얼굴로 말했다.

"낭인왕은 중소 방파로 전락한 우리 가문을 업신여기지 않았소이다. 다른 십왕(十王)이 거들떠보지 않은 우리 가문을 인정해 주는 사람은 그밖에 없었소."

"맞소이다. 그는 우리 철가보의 병기를 최고라고 칭해주며 다른 낭인들과도 연결시켜 준 덕에 지금까지 철가보를 유지할 수 있었던 거나 마찬가지요."

능사운은 빙긋이 미소를 짓다가 입을 열었다.

"형님께서는 낭인왕이 되시기 전에 크나큰 부상을 입으

셨다고 했습니다. 당시에 약재가 없어 손쓸 도리가 없었는데… 만금장주께서 가지고 계신 귀한 영약을 내주셔서 상처를 완쾌하실 수 있었다고 술만 드시면 그날에 대해 이야기하시곤 했습니다."

"우헤헤헤, 그게 조금 좋은 약이긴 했소이다. 그러나 처음 낭인왕 그 친구를 봤을 때 딱 느낌이 왔소. 이 친구, 보통 친구가 아니라고 말이오. 자고로 좋은 장사꾼일수록 안목이 좋은 법이지요. 크헤헬, 그 덕분에 오늘 이렇게 좋은 것을 얻고 말이오."

두상엽은 언제나 늘 저런 식으로 긍정적인 생각을 했다. 그 점이 항시 배울 점이 되었고, 상인답지 않게 마음이 가는 부분이었다.

능사운은 이번엔 해태진 쪽을 바라보며 말했다.

"과거에 형님께서 이런 말씀을 하셨습니다. 자신이 이 자리에서 저와 술을 마실 수 있었던 것은 철가보주의 덕분이라고 말입니다."

"허허, 그게 무슨 말씀인지……."

"전에 녹림왕과의 싸움으로 인해 고립이 되었다고 하셨습니다. 일만에 가까운 녹림도가 천라지망을 펼쳤을 때, 철가보주께서 운반하신 표물에 의해 무사히 빠져나오실 수 있었다고 했지요."

"사해가 동도 아니겠소? 어려울 때 돕는 것이야 당연한 법이지요."

해태진은 대수롭지 않게 받아넘겼다.

하지만 능사운의 표정은 그게 아니었다. 그 당시 자신을 숨기기 위해 상당한 무기와 재화를 썼다는 사실을 잘 알고 있었다.

능사운은 해태진의 저런 대범함에 늘 감사하면서 도움을 많이 받았다.

"역시 보주께서는 마음씨가 바다와 같습니다."

"허허, 과찬의 말씀이십니다."

그 뒤로도 소소한 이야기가 오갔다.

과거에 잊었던, 기억 한편에 넣어두었던 이야기들이 오가자 능사운의 감회가 새로웠다.

'내가 낭인왕으로 있기까지 저들의 도움이 컸어.'

오늘날 낭인왕은 혼자 만들어진 게 아니었다.

그 사실을 저들을 통해 다시 한 번 상기한 능사운은 저들을 부르길 정말 잘했다는 생각이 들었다.

어느새 찻주전자에 차가 다 말랐다.

능사운이 자리에 일어나며 말했다.

"예까지 오시느라 고생들이 많으셨습니다. 이제 슬슬 식사나 하시면서 못다 한 담소를 나누시지요."

*　　*　　*

한편 집무실 밖에서는 하인들이 전각의 사각 면마다 한 명씩 매미처럼 꼭 붙어서 귀를 쫑긋 세우고 있었다.

그들의 관심사는 장원을 찾은 세 사람이었다.

"도대체 누구야? 장주랑 아는 사이인가?"

"아, 궁금해 죽겠네. 무슨 이야기를 하는 거지?"

아무리 귀를 갖다 대고 청력을 이끌어본들 아무런 소리도 새어 나오지 않았다. 그도 그럴 것이, 능사운이 전각 전체에 내기를 일으켜 음파를 차단했기 때문이다.

하인들이 발을 동동 구르며 안을 기웃거린 지도 반나절이 지났다.

드디어 집무실의 문이 열리며 능사운을 비롯해 세 사람이 차례로 나왔다.

하인들은 흙먼지 하나 없이 깨끗한 바닥에 비질을 하며 문 쪽에서 걸어나오는 이들을 하나같이 힐끔거렸다.

능사운은 그들의 시선을 눈치채고 씩 웃었다. 그리고 옆에서 걸음을 옮기는 해태진에게 자연스럽게 이야기를 꺼냈다.

"일을 잘 못하는 하인 놈들은 어떻게 하는 것이 좋겠습니까?"

"허허, 그야 내쫓으면 그만이지 않겠소이까?"

"우리 가문에서는 상상도 못할 일이라오. 그런 놈이 있
다면 사지를 비틀어 사흘 밤낮으로 피눈물을 쏟게 해야지
요."

"아, 그렇습니까? 하하하!"

능사운이 웃으며 하인들 쪽을 쳐다봤다.

그러자 그들이 바삐 빗자루를 들고 후원으로 후다닥 뛰
어갔다. 장석대만이 멀뚱멀뚱 서 있다가 그들이 후원으로
가는 걸 보고 뒤늦게 달려갔다.

귀찮은 하인들이 사라지자 능사운은 그들을 식당으로 안
내했다.

대리석 길을 따라 식당에 도착하니 말자가 그들을 반겼
다.

"어서들 오세요."

능사운을 바라보는 그녀의 눈이 딱 봐도 궁금한 눈치였
다.

능사운은 가볍게 그녀의 눈을 외면하며 그들에게 좋은
자리를 권했다.

"이쪽으로 앉으시지요."

말자는 항상 오만불손한 건방진 태도를 자랑하던 능사운

의 공손한 모습이 놀라우면서도 또 한편으로는 의심스러웠다.

세 사람이 자리를 잡고 앉자 능사운이 말자를 주방 안쪽으로 데려갔다.

단둘이 이렇게 주방 안에 들어온 것은 처음이다.

능사운이 말자를 조용히 불렀다.

"말자."

"예, 장주님."

"과거에 알고 지낸 분들이야. 내가 신세진 것도 있고 항상 고마워하는 사람들이지. 그러니 오늘은 각별히 신경 좀 써. 내 말이 무슨 말인지 알지?"

"알겠어요."

"혹시나 해서 말인데… 이상한 조미료를 넣으면 내가 정말 화를 낼지도 몰라."

능사운이 말자의 눈을 지그시 바라보았다.

말자는 단지 능사운이 자신을 바라만 봤을 뿐인데 온몸의 털이 곤두서는 것 같았다. 그리고 무언가 날카로운 것이 당장에라도 자신의 심장을 꿰뚫을 것 같은 서늘한 예기가 느껴졌다.

살면서 몇 번 느껴보지 못한 이런 싸늘함에 놀란 말자가 반사적으로 고개를 끄덕였다.

"아, 알겠어요."

능사운이 만족스럽게 웃으며 나갔다.

"그럼 기대할게."

그의 그런 말 때문이었을까?

말자는 평소랑은 다르게 더 실력을 발휘했다.

기존에도 다양한 종류의 음식을 장만했다. 하지만 이번에는 특별히 열댓 가지나 되는 다양한 음식을 상에 올렸다.

게다가 중추절을 맞이하여 월병(月餠)을 올리니 하태진을 비롯하여 두 사람은 진정 감탄했다.

"호오, 훌륭하구먼."

"매일 이렇게 먹는 것이오?"

"하하하! 예. 제가 너무 과할 정도로 잘 얻어먹고 있지요."

"허허, 참으로 부럽소이다. 이렇게 실력 좋은 숙수를 구하고 말이오."

능사운이 말자를 보고 씩 웃었다.

말자고 본 그의 눈빛은 주방 안에서 처음 느꼈던 서늘한 눈빛과 잘 조화가 되지 않았다. 그러나 지금 그가 보낸 눈빛이 무엇을 의미하는지는 잘 알고 있었다.

말자가 조용히 문을 닫고 식당을 나가고 나서야 능사운

은 그들의 대화에 참여해 오순도순 이야기를 나눌 수가 있었다.

이야기는 흐르고 흘러 요새 향간에 떠도는 소문에 대해 말이 나왔다.

두상엽이 월병을 한입 깨물며 말했다.

"소문 들으셨습니까?"

"무슨 소문 말입니까?"

"정천맹에서 은밀히 신투의 흔적을 찾고 있다고 합니다."

"오, 세상에 못 훔치는 게 없다던 그 신투를 말입니까? 벌써 몇 년 동안 그의 그림자조차 보지 못했다고 들었거늘."

"최근에 그 흔적을 찾은 모양입니다. 정천맹뿐만 아니라 다른 정도련, 사황성, 마교까지 움직인다는 소문이 상계(商界)에는 이미 파다합니다."

두상엽의 말에 해태진이 짧은 신음성을 토했다.

"흐음, 그것이 사실이라면 큰일이 아닙니까? 허허, 이거 참, 새로운 혈풍이 불까 걱정입니다."

"어쩐지 최근 들어 기관진식에 관련된 자들을 수소문하더니… 아마 신투의 창고를 찾는 모양인 것 같습니다그려."

위지홍이 두상엽의 말에 동조하며 나섰다.

그 역시 향간에 나돌던 소문뿐만 아니라 몇 가지 사실을 더 아는 듯했다.

"신투의 창고에 얼마나 대단한 것이 들어 있는지 참으로 궁금할 따름이오. 과연 누가 그걸 차지할지 벌써부터 손에 땀이 찹니다."

"하기야 신투가 그간 훔쳐 간 것들이 보통 물건들이 아니니… 그것들 중 하나만 나와도 무림이 떠들썩할 겁니다."

"흐음, 솔직히 전 신투의 물건들이 발견되지 않기를 바란다오. 누가 발견해서 그것을 얻든지 간에 인간의 탐욕으로 인해 무림에 피바람이 불 것이 분명하외다. 차라리 그럴 바엔 모두 모르는 것이 평화롭지 않겠소이까?"

"지당하신 말씀입니다. 인간의 탐욕만큼 무서운 것도 없지요. 허허, 어떻게 돌아갈지 참으로 걱정입니다."

"보나마나 가장 큰 네 개의 세력이 서로 눈치를 보느라 정신이 없겠지요. 누가 먼저 나설 수나 있을지 모르겠소이다."

두상엽은 신투의 창고가 어디 있는지 내심 궁금한 어투로 말을 꺼냈다.

"하아, 이놈의 신투의 보물 창고는 대체 어디 있기에 괜한 사람들의 탐욕에 불을 지르는 건지 원."

그들은 그들이 이야기하는 신투의 창고가 그들이 있는 장원에, 그것도 그들이 디디고 있는 발밑에 있을 줄은 꿈에도 모르리라.

능사운은 그들의 입을 통해 신투에 대한 이야기를 듣자 기분이 묘했다.

한편으로 이 정도로 자세히 알고 있다는 사실에 내심 신경이 쓰였다.

'아마도 창고에 갇힌 놈들이 돌아가지 못해 비밀이 이곳저곳 조금씩 새어 나가는 모양이군. 이거 손을 써야겠어.'

저들이 말한 대로 이대로 잠자코 지켜보고 있다가 네 세력이 동시에 들이닥치면 설사 능사운일지라도 감당하지 못할 것이다.

능사운이 그들에게 지금의 화제와 같으면서도 다른 이야기를 은근슬쩍 꺼냈다.

"혹 감당할 수 없는 적이 한 번에 들이닥친다면 어떻게 하시겠습니까?"

지금의 이야기와 맞지 않은 뚱딴지같은 이야기에 그들은 순간 어리둥절한 표정을 지었다.

그러나 이내 진지한 얼굴로 각자 생각에 잠겼다.

위지홍이 가장 먼저 입을 열었다.

"흐음, 글쎄요. 그 적들을 먼저 알아야 하지 않겠소? 옛말에 지피지기(知彼知己)란 말이 있지요."

"적을 알아야 한다라. 과연 그럴듯합니다."

그때, 두상엽이 다른 의견을 꺼냈다.

"나라면 먼저 피하고 보겠소. 후퇴도 또 하나의 전술이라고 했소이다. 감당 안 되는 적이 몰아닥치면 일단 물러나서 다시 작전을 짜야지요."

능사운은 두상엽의 말을 쉬이 수긍할 수 없었다.

그가 정확한 상황을 모르고 막연한 내용에서 답을 했다고는 하나 지금 그는 자유롭게 피할 수 있는 상황이 아니었다.

그때, 하태진이 진중한 어조로 말했다.

"감당할 수 없는 적이라면 감당할 수 있게끔 만들면 될 터. 본래 여럿이 뭉치게 된다면 개개인의 욕심으로 인해 단단한 모래성이 와해될 수 있는 법이지요."

능사운은 그의 조언에 눈을 반짝였다.

어쩌면 말장난 같은 그의 말 안에는 깊은 의미가 담겨 있었다.

'역시 연륜을 무시할 수 없어. 좋아, 그의 말대로 일단 감당할 수 있게 만들려면……'

능사운의 머릿속으로 여러 가지 생각이 번갯불처럼 번쩍였다.

이윽고 그가 만족스러운 얼굴로 포권을 취했다.

"여러분 덕분에 이 부족한 능 모가 많은 걸 깨닫게 되었습니다. 형님께서 왜 만나 뵈라고 하신지 이제야 알 것 같습니다."

"하하하, 아니오. 오히려 우리가 크나큰 도움을 받았소이다."

"보주님의 말씀처럼 장주와 낭인왕 그 친구의 도움에 평생 짊어졌던 마음의 짐을 덜었으니 우리가 고마울 따름이외다."

"맞소이다, 맞아. 이미 우린 한 가족이나 다름이 없소이다."

"하하하하!"

"푸하하하!"

식당 안에서 때 아닌 웃음소리가 터져 나왔다.

능사운도 이때만은 내기를 거두어들이고 진정 크게 웃었다.

식사를 마친 뒤에도 그들의 이야기는 계속 이어졌다.

그동안 못다 한 회포를 푸는 사람처럼 무려 사흘 동안이나 술과 담소를 나눈 뒤에 그들은 각자의 집으로 돌아갔다.

훗날 중원의 사패라고 불리는 가장 강한 세력의 시작은 악양의 천하장에서 시작되었다고 전해지니, 이 일의 비화를 아는 사람은 네 사람이 전부였다.

第二章
요동치는 무림

손두호는 벌써 며칠째 밤잠을 설쳤다.

사실 거의 뜬눈으로 잠을 자지 못해 그의 눈가는 퀭하게 꺼져 있었고, 눈은 토끼처럼 벌겋게 충혈 되어 있었다.

그가 상당히 지친 목소리로 중얼거렸다.

"이게 다 그 악귀 때문이야."

능사운의 명령에 가까운 부탁으로 서찰을 보내고 얼마 있지 않아 중추절을 맞이하여 천하장으로 철가보의 보주, 만금장의 장주, 위지세가의 가주가 차례로 다녀갔다.

그 일로 인해 하오문 총타에서는 수시로 전서응이 날아

오고, 향주가 직접 추궁을 하는 통에 변명을 하느라 침이 다 마를 지경이었다.

손두호 그 자신 역시 정확히 아는 바가 없었다.

능사운이 말한 곳으로 전서를 배달했던 이들 중 돌아온 이가 한 명도 없었다. 충분히 돌아오고도 남을 시간이 지났음에도 그들은 돌아오기는커녕 어떠한 소식조차 없었다.

상황이 이렇게 되니 손두호는 초조해할 수밖에 없었다.

"으으, 그놈들이 다녀간 목적이 뭐야?"

다시 그쪽으로 사람을 보내봤다.

하지만 이미 그 세 곳에서는 그들이 온 적이 없다고 시치미를 딱 잡아뗐다.

더욱이 능사운 역시 모르는 척을 하는 바람에 그는 정말 미치고 팔짝 뛸 노릇이었다.

하오문 총타에 답을 하기 위해서라면 능사운이 시켰다는 걸 알려야 하나 그랬다가는 능사운에게 봉변을 당할 것이 분명했다.

이러지도 저러지도 못하는 상황에 그는 하루하루 바짝 말라가고 있었다.

"으으! 내가 제 명에 못 살지."

그가 시름시름 앓고 있을 때, 눈치없는 누군가가 문을 벌컥 열고 들어왔다.

"뭐야? 아무도 들어오지… 헉!"

손두호는 불편한 심기를 드러냈다가 성큼성큼 들어오는 사람을 보고 흠칫 놀랐다.

"여어."

능사운이 반갑게 손을 흔들며 웃고 있었다.

손두호는 이전보다 더 검게 변한 낯빛으로 어색하게 그를 반겼다.

"어, 어서 오십시오."

"어째 내가 안 반가운 모양이지?"

"그, 그럴 리가요. 장주님이 저희 분타를 찾아주시는 것이야말로 영광입지요."

손두호가 비굴한 표정을 지었다.

능사운이 그제야 만족스럽게 웃었다.

"하하, 분타주가 그렇게까지 날 생각해 주다니, 이래서 내가 안 찾아오려야 안 올 수가 없더군."

"그러셨다니 다행입니다."

'빌어먹을 놈아, 네놈 생각 때문에 내가 수명이 줄어든다. 에휴.'

과연 오늘은 무슨 부탁을 할지 벌써부터 걱정이 앞섰다.

손두호가 바짝 긴장한 얼굴로 눈을 떼굴떼굴 굴리며 조심스레 입을 열었다.

"저… 오늘은 어인 일로……?"

"뭐 그냥 간단한 일 좀 맡기려고."

그 말이 오히려 더 무섭게 들려왔다.

탁.

능사운이 품속에서 서찰 하나를 꺼내 탁자 위에 올려놓았다.

앞서 그에게 맡겼던 서찰과 크게 다르지 않은 모습.

서찰을 보는 손두호의 눈이 심하게 떨렸다. 마치 가슴이 철렁 내려앉은 것 같았다.

'또, 또, 또 서찰이냐?'

능사운은 손두호의 반응에 아랑곳하지 않고 씩 웃으며 말했다.

"저번처럼 살짝 찢겨지면… 알지?"

손두호가 반사적으로 고개를 끄덕였다.

"좋아, 이번엔 남궁세가야."

"나, 남궁세가요?"

"그래. 그 잘난 맛에 사는 놈들 있잖아. 안휘성에 있는 그 잘난 놈들에게 보내면 될 거야."

능사운이 제 말만 하고 몸을 돌렸다.

손두호는 그의 등을 향해 주먹을 불끈 쥐고 들어 올리려던 찰나 그가 다시 몸을 확 돌려 이쪽을 쳐다봤다.

"흐익!"

"뭘 그리 놀라? 욕하려던 사람처럼."

"아, 아닙니다."

"저번 일도 있고, 이건 보수야."

능사운은 전낭 꾸러미를 탁자 위에 툭 던졌다. 그리고는 올 때처럼 손을 흔들며 사라졌다.

그가 가고 그제야 손두호의 입에서 여러 의미가 담긴 한숨을 내쉬었다.

"하아……."

한숨의 여운이 끝나기가 전에 본능처럼 전낭 안을 확인했다.

그 안에 든 것은 고작 철전 열 냥.

손두호는 별로 기대도 안 했다는 듯 전낭을 치우고 서찰을 집어 들었다.

또다시 그에게 어려운 숙제가 내려졌다.

더 이상 화낼 힘도 욕을 할 여력도 없었다. 어떻게든 이 폭탄 같은 것을 잘 처리해야만 했다.

그의 눈가에 주름이 더 깊어졌다.

"하아."

어떤 재앙을 불러올지 모르는 서찰의 배달이 이번에도 어김없이 하오문 악양분타에서 시작되고 있었다.

　　　　　*　　　*　　　*

　감숙성(甘肅省) 정서(定西).

　유난히 도검을 소지한 무인들이 많이 몰려 있는 이 도시
에는 난주(蘭州)의 성도와 비견이 될 정도로 거대한 성이 한
채 세워져 있었다.

　세인들은 이 성의 이름을 일컬어 사황성(邪皇城)이라고
불렀는데, 강호에 칼밥을 먹는 무림인은 물론 일개 촌부도
이 성의 이름을 알고 있을 정도로 대단한 위세를 자랑하고
있었다.

　무려 높이가 삼 장이나 되는 사황성의 성벽 위로는 붉은
기가 휘날리고 있었으며, 보는 사람으로 하여금 절로 주눅
들게 했다.

　사황성의 거대한 문 앞으로는 수백이나 되는 흑의무사
가 삼엄한 경계를 펼치고 있었는데, 평소 일백의 흑소사수
대(黑尔死守隊)가 성문을 지키는 것과는 달리 수백이나 되
는 무사들이 형형한 안광을 내뿜으며 성문을 지키고 있는
모습이 범상치가 않았다.

　한편, 사황성의 후원에 위치한 혈룡각(血龍閣).

　그곳에서 오늘 이른 아침부터 은밀한 회의가 열리고 있

었다.

사파의 종주(宗主)인 혈존(血尊)의 대제자 혈룡(血龍) 적다다의 주재 아래 사대장로와 사황성 소속 가문의 대표들이 하나의 안건에 대해 논의를 벌이고 있었다.

성미가 가장 급한 패천가(覇天家)의 가주 고기량이 벌떡 일어나 외쳤다.

"기다릴 것이 뭐 있겠습니까? 저를 보내주십시오! 제가 당장에 장주 놈을 처단하고 장원을 성주님께 바치겠나이다!"

그러자 몇몇 성정이 급한 장로와 가주가 호응을 했다.

"맞습니다. 확인도 되었으니 먼저 차지하고 봐야 합니다."

"다른 놈들이 건드리기 전에 죄다 불태워 버려야 합니다."

그러자 광풍가(光風家)의 가주 장문철이 그들의 의견과는 반대되는 내용을 주장했다.

"아직 시기상조인 것 같소. 본가의 제자가 파악하기로 그곳 장주의 무공이 범상치 않다고 했소이다. 그가 아직 누구인지 파악이 되지 않은 마당에 섣불리 움직이는 건 무리요."

장문철의 맞은편에 앉아 있던 담혼가(鐵魂家)의 가주 남우생이 비꼬듯이 말했다.

"흥! 지금 겁을 내시는 게요?"

"겁이라니? 지금 광풍가를 우습게 여기는 게요?

"그럼 뭘 그리 걱정을 하는 게요? 그깟 장주 따위야 우리 담혼가에서 한 명만 가도 충분히 제거할 수 있소이다."

"호오, 그럼 장주에게 깨진 사도십객이 담혼가의 아래라고 하는 것이오?"

"그건… 그런 말이 아니잖소! 지금 광풍가주께서 살살 꼬리를 내리시는……."

"그럼 어디 한번 겨루어봅시다."

"좋소."

급기야 당장에 싸울 것처럼 그들은 도검을 잡았다.

장내에 삽시간에 기묘한 열기가 흘렀다.

그러자 이제까지 잠자코 이야기를 듣고만 있던 적무강이 손을 들어 그들을 제지했다.

"그만! 그만들 하세요."

성난 맹수처럼 으르렁거리던 가주들이 얼른 기세를 풀었다. 그리고 공손하게 고개를 숙여 보였다.

"송구합니다."

"무례를 범해 죄송합니다."

"지금은 회의 중이니 두 분의 싸움은 끝난 후에 하시기 바랍니다. 화령장로께서는 별다른 의견이 없으십니까?"

적무강은 분위기를 쇄신시키기 위해 지금껏 말이 없던 화령장로 공양후 쪽을 바라보았다.

공양후는 차분히 입을 열었다.

"저도 광풍가주와 의견이 같습니다. 흠흠, 물론 먼저 장원을 차지하는 것이 이득이 될 수도 있습니다. 하나 적이 하나가 아닌 이상 우리와 다른 세력의 싸움에 제삼자가 어부지리(漁父之利)를 얻을 수도 있습니다. 아직은 정파 놈들의 움직임을 파악할 필요가 있다고 사료됩니다."

처음 장원의 존재를 알고 당장에 쳐들어가자고 소리를 쳤던 화령장로가 오히려 반대를 하고 나오자 다들 의아한 눈초리였다.

적무강 역시 그의 답이 의외인지라 눈을 반짝였다.

그 말의 여파로 인해 잠시 수군거리는 소리와 함께 묘한 침묵이 흘렀다.

그 뒤로 회의가 이어졌다.

여러 의견이 나왔지만 딱히 현실성이 없는 것들뿐이었다.

그리고 나온 결론은……

다른 세력들이 움직이기 전까지 기다리는 것이었다.

　　　　　　*　　　　*　　　　*

　산서성(山西省) 태원(太原).

　정천맹의 총단이 있는 곳으로 팔대세가의 대표 가문이자 수장 격인 공손세가가 있는 곳이기도 했다.

　정천맹 총단의 회의실.

　그곳에 각 가문의 가주나 장로들로 구성된 수뇌부들이 모여 있었다.

　그들은 하나같이 진지한 얼굴로 회의실 내의 분위기는 상당히 엄숙했다. 그 누구 하나 선뜻 의견을 꺼내지 못하고 침묵을 지키고 있었다.

　그들의 시선은 회의실 정중앙에 자리 잡고 있는 장방형 탁자의 상석에 고정되어 있었다.

　그곳에는 한 사람이 앉아 있었다.

　일신에 수수한 마의를 걸치고 있는 그는 마치 중년의 학사처럼 고고해 보였다. 그가 바로 공손가의 현 가주이자 무림십왕(武林十王) 중 일인인 공손휘였다.

　정천맹을 이끌고 있는 맹주 공손휘가 눈을 지그시 감고 있자 그 누구도 선뜻 입을 여는 사람이 없었다.

　장내에 얼마나 정적이 흘렀을까?

　공손휘의 눈꺼풀이 스르르 올라가며 그의 눈에서 정광이

번쩍였다.

"황보 가주, 시작하시오."

"예, 맹주."

황보극은 장원에서 있었던 일을 비롯하여 그간의 상황에
대해 간략히 이야기했다. 그중에서 천축국의 대사가 문 안
에 갇혔다는 내용은 빠져 있었다.

"현재 장원에는 저희 맹을 제외한 다른 세 개 세력의 간
세가 있는 걸 확인했습니다. 그리고 가장 중요한 신투의 흔
적으로는 장원 밑에 거대한 광장과 커다란 철문을 발견했
다는 보고가 들어왔습니다."

사천당가의 가주 당우진이 의심이 섞인 목소리로 물었
다.

"그 안이 신투의 창고인지는 모르는 일이 아니오?"

"이미 신투의 제자를 통해 예전부터 확인을 했고, 다른
세력들이 달려드는 걸 보면… 그곳이 신투의 창고일 확률
은 팔 할이 넘습니다."

"흐음……."

하북팽가의 가주 팽무도가 급한 성미를 참지 못하고 나
섰다.

"하나 이미 다른 곳에서도 발견을 했으니 먼저 움직이는
편이 낫지 않겠소이까?"

"호오, 팽가에서는 무언가 필요하신 게 있나 보오?"

"크흠, 그럴 리가. 우리 팽가는 신투의 창고에 요만큼도 관심이 없소이다. 다만 무림의 안위를 위해서 그런 거지."

"허허, 잘 알겠소이다."

공손휘는 좌중을 살피다가 의아한 표정을 지었다.

"한데 남궁 가주께서는 참석을 안 하셨소?"

좌중의 시선이 남궁세가에서 온 남궁도에게 몰렸다.

남궁도가 어색한 얼굴로 말했다.

"혀, 형님께서 세가 안에 급한 일이 생기는 바람에 저를 보내셨습니다."

"흐음, 급한 일이라……."

다들 그것이 변명임을 잘 알고 있었다.

정천맹이 세워지면서 남궁세가가 아닌 공손세가가 맹주의 자리에 정해졌을 때부터 남궁세가는 맹의 일에 상당히 겉돌았다.

특히 현 남궁세가의 가주인 남궁무진은 번번이 회의에 빠지기 일쑤였다.

그들도 이미 익숙했던 터라 크게 신경 쓰지 않고 회의를 진행했다.

정천맹의 책사 역할을 맡고 있는 제갈세가의 가주 제갈문이 의견을 꺼냈다.

"아시다시피 우리 말고 다른 세력들의 이목이 몰리는 바람에 제가 직접 나설 수 있는 상황이 아닙니다. 특히나 저희 제갈세가 주위로 많은 감시가 있어 이곳까지 오는 데도 많이 힘들었습니다."

기관진식에 능한 제갈세가인지라 다른 세력들 역시 제갈세가에 대해 신경을 많이 쓰는 것은 어쩌면 당연한 일이었다.

제갈문이 이어서 말했다.

"그만큼 그곳에 관심이 집중되어 있습니다. 이번 일은 저희가 섣불리 먼저 나서서는 아니 됩니다. 저희는 어디까지나 그것으로 인해 생기는 다툼을 방지하기 위해서입니다."

진주언가의 가주 언양심이 제갈문의 말에 자신의 의견을 더해 말했다.

"맞습니다. 저희가 먼저 나선다면 저 간악한 사파나 마교 놈들이 하는 행동을 같이 하는 겁니다. 일단은 지켜보는 쪽이 옳다고 봅니다."

"언 가주의 말씀처럼 개인의 욕심을 부린다면 쉽게 와해되고 말 겁니다. 이럴 때는 가까운 정도련과 힘을 합치는 것도 좋을 것 같습니다."

"흐음, 정도련이라……."

정파는 구파 중심의 정도련과 세가 중심의 정천맹으로

나뉘어져 있었다.

이들 중 정도련과 사이가 크게 나쁜 세가는 없었다. 하여 이 의견에 반대를 하는 이는 없었다. 더욱이 힘을 합친다면 마교나 사파를 견제하기에는 수월할 터.

그러나 하북팽가와 남궁세가, 그리고 사천당가는 크게 반기지 않는 눈치였다.

그 뒤로 여러 가지 내용이 나왔지만 뾰족한 수가 없었다.

당장에 할 수 있는 일이 없었다.

그리고 결국에는 제갈문이 말한 대로 정도련의 의향을 파악하고 그들과 힘을 합칠지 결정 하자는 쪽으로 흘러갔다.

정도련에 갈 사람으로 서문세가의 가주 서문중달이 나섰다.

"그럼 정도련의 의향도 확인할 겸 제가 가도록 하겠습니다."

회의가 끝난 후,

서문세가의 가주는 정도련이 있는 하남성으로 향했다.

*　　　*　　　*

숭산의 동쪽에 위치한 태실봉(太室峰).

소림사가 위치한 서쪽의 숭실봉 반대편 봉우리에는 흔히 세인들이 모르는 암자가 깊숙이 숨겨져 있었다.

따아앙.

숭실봉에서 종을 치는 소리가 산바람을 타고 흘러와 암자의 고요한 정적을 깼다.

암자에는 선명한 빛깔의 아홉 개의 계인을 찍고 있는 노승이 법당 마루에 조용히 앉아 있었다.

일신에 갈색의 빛바랜 법의를 걸치고 한 쌍의 새하얀 백미가 귀밑까지 자라서 흘러내렸으며, 석가의 귀처럼 기다란 귓불이 턱 밑까지 내려온 그의 용모는 흡사 살아 있는 부처와 같았다.

그는 무림오절(武林五絶)의 일인인 신승(神僧) 현인으로 그의 맞은편에는 홍색 승포에 수수한 인상을 가진 중년의 승려가 조용히 정좌해 있었다.

중년의 승려는 현 소림의 장문인인 영진(永眞)으로 그의 눈에는 깊은 고뇌가 희뿌연 안개처럼 서려 있었다.

영진의 눈을 들여다보는 현진의 동공이 심해(深海)처럼 점점 어두워졌다. 그리고 그가 한번 깜박이니 돌연 그의 눈이 평화롭게 변했다.

현인의 입에서 허허로운 웃음이 흘러나왔다.

"허허, 속세의 때를 오랜만에 접하는구나."

"송구합니다."

"내게 업을 나누려고 온 게냐?"

"불민한 제자가 답을 구할 곳이 없어 찾았나이다. 부디 깨달음을 내려주시옵소서."

현인은 단천 밑까지 내려온 백염을 천천히 쓰다듬으며 조용히 입을 열었다.

"가장 좋은 방법은 공정히 나누는 것이겠지. 하나 그렇게 말처럼 쉽게 되지는 않을 터. 그것이 그 누구의 것도 아닌 것이 가장 현명한 방법이 아니겠느냐?"

"하면……."

"너는 네 개의 찻잔에 똑같이 차를 따를 수 있으리라 보느냐? 그렇다고 하여 하나의 찻잔에 차를 계속 따르다 보면 언젠가는 넘치게 마련인 법."

영진은 짤막한 신음성을 흘렸다.

"흐음……."

현인이 하는 말이 무슨 말인지 누구보다 잘 아는 영진이 깊숙이 절을 올리고는 자리에서 일어났다.

그의 얼굴이 처음 이곳에 왔을 때보다 한결 밝아졌다.

"이만 가보겠습니다."

"오냐. 멀리는 안 나가마."

현인 앞에 채워진 찻잔 안에 작은 물결이 생겼다.

그것이 하나가 되고 둘이 되더니 점점 늘어나 긴 호선을 그려내며 펴져 갔다.

앞으로의 파란을 예고하듯이.

*   *   *

천산(天山).

중원의 서쪽 끝에 있는 이 산의 고준한 봉우리를 따라 들어가다 보면 무림을 항시 공포에 떨게 만드는 십만마인의 성지인 천년마교가 웅크리고 있다.

마교 내에서 가장 중요한 중지(重地)를 가리킨다면 교주가 거주하는 천마전(天魔殿)과 역대 마교 교주들의 무덤이자 마교의 무학이 가득 담긴 천마비동(天魔飛棟)을 꼽을 것이다.

그렇다면 가장 은밀한 곳을 꼽으라고 한다면 다섯 곳을 꼽을 수가 있는데, 그중에서도 항시 불이 켜져 있어 일월각(日月閣)이라 불리는 그곳의 은밀함이 가히 으뜸이었다.

일월각의 가장 꼭대기 층에 위치한 열 평 남짓한 방 안은 마교 내의 크고 작은 정보를 담당하는 정보 집단인 마영(魔影)들의 수장인 마영전주의 집무실로 이곳에서 거론되는 이야기가 곧 마교의 눈과 귀나 다름없었다.

마영전주의 집무실.

그곳에 놓인 작은 원탁을 마주하고 두 명의 중년인이 마주하고 앉아 있었다.

한 명은 이 방의 주인인 마영전주 모상기였고, 다른 한 명은 마교의 지낭이자 천마의 머리라고 불리는 마뇌(魔腦)였다.

그들은 탁자 위에 올라 있는 하나의 보고서를 보고 깊은 상념에 잠겨 있었다.

마뇌가 짤막한 한숨을 내쉬고는 입을 열었다.

"환마가 실패했다고?"

"예, 보시는 그대로입니다."

"이런이런. 본 교에서 노부 다음으로 기관진식을 잘 다루는 친구였거늘. 쯧쯧, 그 오만한 성격을 고치지 않은 것이 화근이었겠지."

마영전주는 대답 대신 조용히 고개를 숙였다.

어쩌면 이 일에 대한 책임은 자신에게도 있는 것이나 다름없었다.

"이미 엎질러진 물. 다른 곳도 다 실패했다고 했나?"

"그렇습니다."

"그건 참 잘된 일이군."

마뇌는 밋밋한 턱을 손으로 문질렀다.

그는 이번 실패에 크게 신경을 쓰지 않는지 얼굴색 하나 변하지 않고 태연했다. 하나 오히려 그런 부분이 그의 무서운 점이었다.

　'어떠한 일에도 얼굴색이 변하지 않는… 무면(無面).'

　마뇌가 손가락으로 탁자를 툭툭 두드렸다. 그가 고민에 빠질 때 자주 하는 습관이었다.

　"흐음, 내가 직접 갈 수도 없는 노릇이고, 그렇다고 하여 딱히 보낼 만한 이가 없으니 곤란하군. 원로회에 알리는 걸 언제까지 미룰 수 있지?"

　"나흘입니다."

　"나흘이라……. 보나마나 이 사실을 알게 되면 호전적인 그 인간들이 가만있지는 않겠군. 멋모르고 들쑤셨다간 도리어 더 큰 걸 잃을 수 있어. 능구렁이 같은 정파나 여우 같은 사파 놈들을 동시에 상대하기는 무리일 테지."

　"아직 정확한 것이 아닙니다. 문 안에 있는 것이 신투의 창고인지 밝혀지지 않았습니다. 그걸 빌미로 장로들을 설득하심이……."

　"그 인간들은 이미 요괴야, 요괴. 노부조차 속일 수가 없다네. 설령 속인다고 한들 결국 시간 벌기밖에는 안 돼."

　탁자를 두드리는 마뇌의 손가락이 더 빨라졌다.

　탁.

타탁.

갑자기 소리가 뚝 멈추었다.

마뇌가 담담한 어조로 말했다.

"다른 놈들을 먼저 움직이게 하는 수밖에 없네. 본 교의 방패막이가 될 놈들을."

마영전주의 눈이 커졌다.

"그럼……."

마뇌가 말없이 고개를 끄덕였다. 그리고 자리에 일어나며 말했다.

"난 교주님을 뵈러 가겠네. 자네는 차질없이 준비하도록 하게나."

"존명."

마교의 가장 은밀한 일월각에서 그렇게 또 하나의 은밀한 일이 진행되고 있었다.

*　　　*　　　*

안휘성(安徽省) 합비(合肥).

무림의 팔대세가 중 한 축을 당당히 차지하고 있는 남궁세가가 있는 곳이다.

남궁세가로 말할 것 같으면 검공으로는 중원 안에서 다

섯 손가락 안에 들 정도로 조예가 깊었다. 현 무림오절의 일인인 검성을 배출한 뛰어난 가문으로 무림사에 불세출의 기재들이 탄생하곤 했었다.

하지만 그것도 과거의 일이었다.

백 년 동안 가장 뛰어난 무인이라곤 검성을 빼놓곤 그 뒤로 제대로 된 무인이 탄생하지 못했다.

현 남궁세가의 가주 창궁검 남궁무진은 무림십왕의 자리에 끼지 못할 뿐더러 정천맹의 맹주 자리에도 추대되지 못한 아픔을 맛보았다.

천하에서 가장 자존심이 강한 가문에서 이런 일을 겪다 보니 남궁세가의 사정은 말이 아니었다. 그래도 썩어도 준치라고, 남궁세가는 여전히 안휘성의 패자로 군림하고 있었다.

남궁세가의 구중심처에 위치한 집무실.

본래대로라면 산서성의 태원에서 열리는 정천맹의 회의에 갔어야 할 남궁세가의 가주 남궁무진이 집무실에 홀로 남아 분한 표정을 짓고 있었다.

"으으, 분하다. 원래 맹주의 자리는 이몸의 것이었거늘."

공손강에게 맹주의 자리에서 밀린 뒤로 남궁무진은 맹에 있는 대소사에 거의 참여하지 않고 있었다.

그는 분한 마음을 삭이기 위해 자신에게 온 서찰을 뒤적이며 업무를 보았다.

일이 손에 잡힐 리가 없었다.

그는 수북이 쌓인 서찰 중 아무거나 집어 들었다. 그리고 그것을 찢어 안의 내용물을 펼쳤다가 이내 부르르 몸을 떨었다.

"으으……."

급기야 그의 얼굴이 대추처럼 벌겋게 달아올랐다.

화르르.

그의 손에서 분노가 가득 담긴 삼매진화가 일었다. 이어서 그가 노기가 충천한 얼굴로 소리쳤다.

"가서 원이를 불러오너라!"

"예!"

밖에서 굵직한 목소리가 들려왔다.

잠시 후, 남궁세가의 소가주이자 남궁무진의 아들인 남궁진상이 집무실로 들어왔다.

남궁진상은 자신의 아비인 남궁무진이 정천맹으로 인해 기분이 좋지 않다는 것을 알았지만, 이 정도로 분노해 있다는 사실이 의아했다.

"찾으셨습니까, 가주님?"

"오냐, 너는 지금 당장 천풍검대(天風劍隊)를 이끌고 악양의 천하장으로 가거라."

"천하장이요?"

남궁진상은 장원의 이름이 참으로 오만방자하다고 생각했다.

남궁무진은 진노한 얼굴로 외쳤다.

"그놈이 본가를 능멸했다! 가서 그 망할 장주 놈을 끌고 오너라!"

"예!"

가주의 명은 절대적인 것.

남궁진상은 가문을 욕보였다는 이유 하나만으로도 충분히 사유가 된다고 생각하고 물러났다.

한편 남궁무진은 아직도 화를 억누르기 힘들었다.

너무나 분노한 나머지 천하장이 정천맹에서 그토록 애가 끓어하던 신투의 창고가 있는 그 장원임을 미처 생각지 못했다.

물론 애당초 회의에 참석을 하지 않은 그에게 신투의 창고는 관심 밖의 일인지도 몰랐다.

남궁무진이 탁자를 주먹으로 내려쳤다.

쿵!

"이놈! 어디 내 앞에서도 그 잘난 주둥아리를 놀릴 수 있는지 보겠다!"

다음날, 서른 명의 창천검대 한 개 조와 소가주인 남궁진상이 남궁세가를 빠져나왔다.

그들이 향하는 곳은 악양.

온 무림이 주목하는 천하장으로 향했으니.

第三章
하인의 역할

후원에 위치한 연무장.

휘영청한 달 아래 능사운이 검을 길게 늘어뜨린 채 서 있었다.

그는 평소의 건들건들거리는 모습은 온데간데없이 사뭇 진지한 모습으로 천천히 검을 들어 올렸다. 그리고 몇 번 휘두르더니 인상을 썼다.

막상 검을 들고 수련하기에 앞서 그의 신경을 거슬리게 하는 것들이 있었으니…….

"감히 하인 나부랭이들이 주인이 수련을 하는데 훔쳐봐?

뒤지려고?"

능사운이 장원에 와서 야밤에 연무장에서 검 수련을 하는 일은 상당히 이례적인 일로 하인들은 너나할 것 없이 염탐에 가까운 구경을 하고 있었던 것이었다.

마음 같아서야 당장에 혼쭐을 내주고 싶었으나 그러기에는 시간이 아까웠다.

능사운은 그냥 그들을 무시하고 검을 휘둘렀다. 그의 손끝에서 이어진 검이 어둠을 가르고, 허공을 자유자재로 유영했다.

그 광경에 하인들은 저마다 한마디씩을 늘어놓았다.

"야밤에 웬일이래? 제법 진지해 보여."

"그냥 검만 번지르르하잖아."

"…폼은 그럴 듯."

"저 괴물도 무공 연습을 하기는 하는구나."

그러나 점점 시간이 흐를수록 능사운의 손에서 펼쳐지는 검은 마치 살아 움직인다는 말이 튀어 나올 정도로 위력적이었다.

그 예로 처음에 무시를 하던 장석대가 침을 꿀꺽 삼키며 감탄 어린 탄성을 자아냈다.

"캬아, 저 차가운 예기를 봐. 크으, 살기에 숨이 멎을 정도야. 장주는 역시 사파의 무공을 익힌 모양이야."

그의 말에 왕봉구가 코웃음을 치며 반박했다.

"흥! 웃기시네. 저 검식에서 정명하고 강인한 호연지기가 느껴지잖아. 아마도 정도의 무공을 익힌 게 틀림없어."

"뭐야? 네놈 눈깔이 썩은 동태 눈깔이냐? 장주 성격이랑 저 검법까지, 딱 봐도 사파지. 어딜 봐서 냄새나는 정파 나부랭이랑 비교를 하고 지랄이야, 지랄이."

"지금 그게 입에서 나온 말이냐, 주둥이에서 튀어나온 욕이냐? 네놈은 머리만 근육으로 된 것이 아니구나. 그야말로 눈 뜬 소경이 따로 없네."

황덕칠이 왕봉구와 장석대의 싸움에 끼어들며 그들을 가볍게 무시했다.

"이봐, 둘 다 그만들 하지. 장주의 무공은 척 봐도 세가의 무공이구만. 그러니 괜한 힘들 빼지 말라고. 흐음, 어디 보자. 어느 가문의 무공일까?"

"여기에 병신 같은 놈이 또 하나 있었네. 네놈도 정파 나부랭이 친구라고 눈깔이 생선 눈깔인 모양이구나. 어디서 냄새나는 주둥아리를 함부로 놀려?"

"지금 듣자듣자 하니까. 한번 해볼 테야?"

이제껏 조용히 있던 고말복이 냉소를 흘렸다.

"흥!"

"넌 또 뭐야?"

"…잘 봐라, 저자의 검 끝에서 무엇이 느껴지는지를."

황덕칠이 고말복을 보면서 이죽거렸다.

"왜? 마기라고 하려고?"

"……!"

"에라이, 이놈이나 저놈이나."

왕봉구가 검지를 입술에 가져다 대며 그들에게 핀잔을 주었다.

"쉿, 조용히 해! 네놈들이 떠드는 바람에 장주가 이쪽을 노려보잖아."

"끄응."

그들 역시 능사운의 시선을 느꼈는지 모두 입을 다물었다.

능사운은 그들의 왜곡된 평가에 코웃음을 쳤다.

"얼씨구? 아주 놀고들 있네. 어디서 본 건 있다고 막 갖다 붙이네. 네깟 놈들이 백날 봐봐라. 이게 무슨 무공인지 평생 모를 거다."

그들은 능사운의 검식의 자세에 대해 잘 알지 못했다.

그도 그럴 것이 추명삼절은 검귀가 창안해 한 번도 무림에 나온 적이 없는 무공이었다. 어느 누구도 본 적이 없는 새로운 무공이나 다름이 없었다.

그간 지하의 창고에서 틈틈이 추명삼절을 익혀오던 것과

달리 탁 트인 연무장에 검을 들고 나온 이유가 바로 이것 때문이었다.

달[月].

추명삼절의 세 개의 절기 중 첫 번째 절기라 불리는 단월참(斷月斬) 연마의 끝은 실제 달을 상대로 검술을 펼치는 것이었다.

능사운이 달을 향해 기수식을 취했다.

그 광경에 하인들은 저마다 다른 평가를 내렸다.

"설마, 달을 쪼개려는 거야?"

"드디어 장주가 미쳤어. 아무래도 저건 무림십존이 와도 불가능해."

"저런 미련한 놈. 내 달을 쪼개면 내 성을 간다."

"…무리수."

그러거나 말거나 능사운은 땅을 박차고 허공으로 도약했다. 마치 분수처럼 어두운 허공을 향해 높이 솟구쳤다.

"파— 핫."

그의 입에서 짧은 기합성과 함께 검이 어두운 하늘 위에 떠 있는 달을 베어가며 은빛 호선을 그렸다.

부서져 내리는 달빛과 함께 능사운이 땅에 착지했다.

그가 가볍게 심호흡을 했다.

"후우……."

처음 펼쳐 보는 단월참의 내공 소비는 상상 이상으로 이렇게 단전이 허전한 건 정말 오랜만의 일이었다.

어두운 하늘 위로 허공이 쩍 갈라진다거나 달이 반쪽이 되는 그런 광경이 나타나지 않았다. 눈에 확연히 드러날 정도의 변화는 없었다.

하지만 하인들과 떨어져 전각의 지붕 위에서 이를 지켜보는 한 사람.

말자는 검은 하늘이 갈라지면서 유난히 커다란 달이 일순간 반으로 쪼개지는 것 같은 환상에 자신도 모르게 탄성을 자아냈다.

"호오, 저 남자 제법이네."

그러나 같은 것을 지켜보던 하인들의 평가는 그녀와 정반대였다. 그들은 처음의 예상과 크게 다르지 않았다는 듯 저마다 혀를 끌끌 차거나 비웃었다.

"쯧쯧, 역시나."

"거봐. 처음부터 기대도 안 했어."

"에이, 가서 발 닦고 잠이나 잘란다."

"…숙면을 취하러 간다."

한편, 능사운은 멋들어지게 검을 집에 갈무리하며 숨을 고르다가 들려오는 하인들의 조롱 어린 속닥임에 얼굴 표정이 썩어 문드러졌다.

능사운이 딱딱하게 굳은 얼굴로 나지막이 중얼거렸다.

"이제까지 너무 좋은 주인이었구나."

이윽고 그가 전각으로 몸을 돌리면서 날숨처럼 내뱉은 한줄기 말이 바람에 유유히 휘날려 갔다.

"…앞으로 굴려주마."

앞으로의 미래를 아는지 모르는지 밤하늘의 달은 얼어붙을 것처럼 아름다웠다.

다음날, 날이 밝자마자 능사운의 부름에 왕봉구는 전각으로 향했다. 아침 댓바람부터 자신만을 부르는 것이 못내 의아했지만, 일단 집무실의 문을 똑똑 두드렸다.

"장주님, 계십니까? 저 봉구입니다."

"그래, 들어와."

집무실 안으로 들어서자 능사운이 탁자에 두 발을 올려놓고 한가로이 다과를 즐기고 있었다.

왕봉구가 능사운의 눈치를 살피며 입을 열었다.

"저를 찾으셨다고 들었습니다. 무슨 일로……?"

"뭐, 하인을 부르는데 이유 따위가 중요해? 일단 앉아."

"예, 예."

능사운은 발을 내리며 다과를 왕봉구 앞으로 슥 밀며 말했다.

"너도 좀 먹을래?"

"그게……."

"독 안 들었다. 그냥 먹어도 돼."

"가, 감사합니다."

능사운의 말에 안심한 채 왕봉구는 다과를 하나 집어 입 안에 넣었다.

'하아. 얼마만의 과자이던가.'

그간 하인 생활로 인해 누릴 수 없던 것이 새삼 크게 와 닿는 순간이었다.

왕봉구가 막 다과를 세 개째 집어먹는 순간, 능사운이 은밀히 운을 뗐다.

"봉구야, 가서 변소에 있는 똥 좀 싹 다 퍼라."

다과를 집어가던 그의 손이 멈췄다. 그리고 그가 눈을 동그랗게 뜨고 능사운에게 물었다.

"예? 저 혼자 말입니까? 그것도 전부 다요?"

능사운은 어쩌면 당연한 그의 반응에 진중한 얼굴로 몸을 깊숙이 숙였다. 그리고 얼굴을 가까이 들이밀며 말했다.

"내가 간밤에 곰곰이 생각을 해봤는데 말이야. 내 장원이 좀 특이해. 변소 밑에 이상한 문도 있고. 안 그래?"

"그, 그렇지요."

"그래서 말인데… 이런 게 꼭 그 변소에만 있으란 법은 없잖아. 혹 다른 곳에 숨겨져 있지는 않을까?"

능사운의 말이 끝나자 왕봉구는 이채를 띠었다.

그간 문을 열기 위해서만 혈안이 되어 있었지 막상 다른 장치가 있을지는 미처 생각지 못했다. 그 사실을 깨닫자 이전의 불만은 싹 사라졌다.

거기다가 능사운이 쐐기를 박았다.

"내가 너 믿는 거 알지?"

"예! 물론이구 말구요."

'역시 다른 놈들을 믿을 수 없는 모양이군. 우후후, 이몸은 다른 놈들과 달라.'

"그럼 가서 열심히 푸라고."

"열과 성을 다해 푸겠습니다."

왕봉구가 자리에서 벌떡 일어나 연신 고개를 숙여 보이더니 씩씩하게 집무실을 박차고 나갔다.

밖에 나오니 다른 하인들이 그의 곁으로 후다닥 다가왔다.

장석대가 궁금한 눈초리로 물었다.

"뭐야? 무슨 일이야?"

"아무것도 아니야."

"그런데 어디 가는 거야?"

"넌 몰라도 돼."

왕봉구는 그들을 외면한 채 후다닥 숙소로 도망치듯이

사라졌다.

장석대가 궁금함을 참지 못해 따라가려던 찰나 저만치서 능사운이 그를 불렀다.

"석대야!"

"예, 장주님."

"이리 좀 와보거라."

"아, 알겠습니다."

장석대가 쭈뼛쭈뼛거리며 능사운을 따라 집무실 안으로 들어왔다. 그의 눈에 가장 먼저 띈 것은 방 가운데에 떡하니 놓여 있는 탁자였다.

방금 전까지만 해도 다과가 놓여 있던 탁자 위에는 어느새 문방사우(文房四友)가 올려져 있었다. 그중에서도 종이가 넘치다 못해 탁자 밑에까지 수북하게 쌓여 있었다.

장석대가 궁금함을 참지 못하고 물었다.

"이게 다 뭡니까?"

"보면 모르냐? 문방사우잖아."

"그, 그렇군요."

장석대는 이날 평생 붓은커녕 먹 냄새조차 비급서에서나 맡아볼까 했다. 그런데 문방사우가 떡 하니 있으니 반사적으로 거부감이 들었다.

능사운이 의자를 가리키며 말했다.

"뭐해? 앉아."

"예, 예."

"석대야."

"예, 장주."

"그동안 내가 너한테 자꾸 험한 일만 시킨 것 같아 미안
하구나."

"아이고, 아닙니다."

장석대가 눈을 데굴데굴 굴렸다.

그간 알게 모르게 당한 것들이 있어 섣불리 그의 말을 신
용할 수 없었다. 무엇보다 이렇게 친절하게 말하는 것이 무
언가 불길했다.

'설마……'

능사운이 비릿하게 웃으며 붓을 집어 들었다.

"그래서 말인데, 내 너한테 앉아서 편히 할 수 있는 일을
줄까 하고. 자, 받아."

"이걸 왜……?"

"별거 없어. 그냥 초대장 만 장만 적어라."

장석대는 화들짝 놀라 그만 붓을 떨어뜨렸다.

"예에?!"

"뭘 놀라고 그래?"

"감히 저 같은 놈이 어떻게 이런 걸……."

"괜찮아. 넌 할 수 있어."

"아니, 아무리 그래도 이건······."

"왜? 하기 싫어? 싫으면 짐 싸. 난 시키는 일 거부하고, 밥값 축내는 놈 따윈 필요없어. 어디 보자, 덕칠이가 밖에 있던가? 덕칠아~"

그가 우물쭈물거리자 바로 냉정한 얼굴로 태도가 급변한 능사운이 당장에라도 황덕칠을 부르려고 했다.

장석대는 생각하고 자시고도 없이 황급히 능사운의 소맷자락을 붙잡았다.

"아이고, 장주님. 누가 안 하겠다고 했습니까?"

"그래? 난 또 하기 싫은 줄 알고."

장석대가 울며 겨자 먹기로 붓을 다시 집어 들었다.

"아닙니다, 하겠습니다."

"그럼 열심히 해. 글자 예쁘게 적고. 천 장도 아니고 만 장이다. 만 장."

"······예."

장석대에게 초대장을 적는 일을 시킨 능사운은 다음으로 황덕칠을 데리고 창고로 향했다.

그간 창고를 여는 일이 없어서인지 삐그덕거리는 소리와 함께 그 안에 쌓여 있던 쾨쾨한 먼지부터 눅눅한 곰팡이 냄새가 그들을 반겼다.

황덕칠이 코를 막으며 창고 안을 슥 살폈다.

"크으, 냄새. 별의별 게 다 있네요."

창고 벽면을 가득 채운 그릇 더미는 족히 수백 벌은 되어 보였고, 바닥에는 비단에 비해 질은 떨어지나 형형색색의 천 조각을 비롯해 각종 잡동사니가 가득했다.

능사운이 그릇을 하나 집어 손가락으로 만져 보더니 인상을 찌푸리며 푸념 섞인 말을 늘어놓았다.

"너무 더럽구나. 이래서야 앞으로 식구들이나 손님들을 맞이하기가 어려울지도 모르겠어."

황덕칠이 심드렁한 얼굴로 대답했다.

"그러게요. 더럽긴 하네요."

"앞으로 좀 젊은 여인네들 좀 받아서 요리도 시키고, 집안일도 시킬까 하는데… 이래서야 힘들겠어. 그렇지?"

젊은 여인네란 말에 황덕칠이 눈이 커지고 콧구멍을 벌렁거렸다. 이전에 심드렁한 반응은 온데간데없이 그가 귀를 쫑긋 세우며 반응을 보였다.

"아, 아줌마가 아니라 아가씨요?"

"이왕이면 젊은 여자가 좋지 않겠냐?"

"그럼요. 자고로 여자나 물건이나 새것이 좋고, 때가 안 탄 것이 좋은 거지요."

능사운과 황덕칠이 서로를 마주보며 기분 좋게 웃었다.

"하하하, 덕칠이 네놈의 식견이 나와 같구나."

"우헤헤헤. 장주께서 저와 통하시다니. 정말 기쁠 따름입니다."

한참 화기애애하게 웃던 능사운이 갑자기 웃음을 뚝 멈추고 진지한 얼굴로 말했다.

"그러니까 여기 있는 것들을 새것처럼 정리해라."

황덕칠은 깜짝 놀란 얼굴로 되물었다.

"예?"

'아차, 당했다.'

능사운이 비릿한 미소를 지으며 말했다.

"거 말귀가 어둡네. 누가 여자나 물건은 때가 안타고 새것일수록 좋다고 하지 않았나? 난 그 물건에 대해 전적으로 동의하지. 그러니까 아주 깨끗이 새것처럼 닦아놔."

"그게……."

"어허, 평소 네놈이 뭐라 그랬지? 남아일언."

"…중천금. 끄응."

"좋아, 좋아. 난 이만 가볼 테니까. 이거 다 처리하기 전까지는 나오지 마. 알겠어?"

"잠깐만요!"

능사운은 창고의 입구 쪽으로 걸어나오며 구석에 병풍처럼 쌓여 있는 그릇 더미를 밀어버렸다. 그러자 차례로 그릇 더미가 창고 안으로 무너져 내려 하나의 거대한 벽이 만들어졌다.

쿠르르릉.

쾅—

그릇 더미 벽 안에서 황덕칠이 애타게 부르는 소리가 들려왔다.

"장주, 장주!"

능사운은 그 소리를 가볍게 무시하고 창고를 나가 버렸다.

창고 앞에서 능사운이 옷을 탁탁 털며 웃었다.

"앞으로 조용하겠군."

마지막으로 능사운은 후원에서 과묵하게 비질을 하고 있는 고말복에게 다가갔다.

"비질은 그만하면 됐으니, 장터에 좀 다녀와라."

고말복이 말없이 멀뚱멀뚱 능사운을 바라보았다.

능사운은 여전히 말수가 적은 고말복을 향해 인상을 찌푸리며 재차 말했다.

"손님이 오니까 장터에 가서 장 좀 봐와라."

"…저는 장을 한 번도 본 적이 없습니다."

"그럼 이 기회에 보면 되는 거지. 말자에게 가서 필요한 걸 물어보고 사 와."

고말복이 의아한 얼굴로 능사운을 바라보았다.

"……왜?"

"머지않아 귀찮은 손님이 올 거야. 그러니까 미리미리 준비를 해놓아야지."

"……."

"왜? 귀찮은 손님한테는 밥 주기도 아깝냐?"

고말복이 말없이 고개를 끄덕였다.

"귀찮은 손님도 손님이다. 내가 마교처럼 피에 환장한 놈도 아니고, 그렇다고 사파처럼 무식한 놈도 아니야. 인정머리없는 정파 나부랭이는 더더욱 아니고, 지놈들 잘난 맛에 사는 세가 놈들도 아닌데 어떻게 손님을 내쫓으랴?"

"……."

고말복은 여전히 묵묵부답이었다.

능사운은 구태여 그를 납득시킬 필요가 없어 눈을 부라리며 명령했다.

"확! 하인 놈이 주인이 하라고 하면 할 것이지 뭐가 그렇게 이유가 많아? 잔말 말고 빨리 시장에 다녀와."

"……예."

확실히 고말복에게는 여러 이유 없이 명령하는 게 가장 빨랐다.

고말복은 말을 하기 힘들고 명령은 복종해야 한다는 것이 습관처럼 배어 있어 순순히 식당 쪽으로 갔다.

말자는 부엌에서 아침 준비를 하느라 분주했다. 그렇다 보니 고말복이 와도 신경조차 쓰지 않고 칼질을 하느라 바빴다.

자연히 고말복은 말도 붙여보지 못하고, 그 옆에서 병풍처럼 서서 그녀를 물끄러미 지켜봤다.

그렇게 얼마나 지났을까?

고말복의 시선이 영 신경이 쓰이던 말자가 참다못해 먼저 말을 걸었다.

"너 뭐야? 밥이라도 먹으러 온 거야?"

밥이란 말에 고말복이 반사적으로 고개를 절레절레 흔들었다.

"그럼 왜 사람 일하는데 자꾸 얼쩡거려? 너 때문에 거슬려서 요리에 신경을 쓸 수가 없잖아."

"……."

"할 말 없으면 꺼져. 안 그러면 밤새 피똥을 싸게 해줄 수도 있어."

말자의 서릿발 같은 말투에 고말복은 무덤덤한 얼굴로 겨우 입을 열었다.

"…재료를 사러 가야 한다."

"재료? 무슨 재료?"

고말복은 한참 머뭇거리다가 말자의 싸늘한 시선을 한 차례 받고서야 다시 힘겹게 말했다.

"……장주가 시켰다. 시장가서… 사오라고."

"왜? 갑자기 너보고?"

"……손님이 온다고 했다."

"손님? 제길, 바빠지겠네. 몇 명이나 온대?"

고말복도 손님의 정확한 정체나 그 수를 알 수 없어 고개를 가로저었다.

말자 역시 고말복에게 크게 기대를 하지 않았다.

"으휴, 네놈한테 물어봤다가 내 속이 터지겠어. 그냥 장주에게 직접 물어봐야지. 아무튼 식재료도 떨어져 가고 있던 차에 잘 되었네."

물론 고말복에게 식재료를 사오라고 하는 것이 현명한 일인지는 모르나 일단 능사운이 시켰다는 말에 그냥 고말복에게 필요한 재료들을 이것저것 말해주었다.

"일단 푸른 잎이 있는 청경채를 사 와. 그리고 고기는 얇게 다져져 있는 돼지고기로 팔십 근 정도면 적당할 거고. 그 다음에……."

재료를 하나하나 말해줄 때마다 고말복의 얼굴색이 점점 하얗게 변했다. 거기다가 말자가 알겠냐고 묻는 말에도 대꾸가 없었다.

"야! 기억했냐고?"

"……."

"대답 안 해? 으휴, 이 화상아. 알겠어, 모르겠어?"

"…조금 알 것 같기도."

"조금? 이런 멍청한 놈아, 내가 몇 번 설명을 해줬는데…
아, 그냥 내가 가는 게 더 빠르겠다."

말자의 핀잔에 고말복은 자신도 모르게 울컥해 내기를
끌어올렸다.

탁.

그때, 말자가 칼을 들어 도마를 부수면서 얼음장 같이 차
가운 눈으로 그를 매섭게 노려보았다.

"날 열 받게 하지 마."

고말복이 반사적으로 고개를 끄덕였다.

그제야 조금 얼굴이 풀린 말자가 고개를 가로저으며 말
했다.

"귀찮으니까 가서 적어주는 대로 사 와. 알았어?"

"…알겠다."

고말복은 그 사이 십 년은 늙은 사람처럼 힘겹게 고개를
끄덕였다.

第四章 하인으로 사는 법

왕봉구는 변소에서 똥을 푸는 일에 여념이 없었다.

그간 자질구레하게 변소를 들락날락거리며 냄새에도 제법 익숙해졌다. 게다가 똥을 푸는 일이 처음이 아닌지라 어렵지 않았다.

다만 수상한 장치를 찾느라 혈안이 되어 있어 굳이 변소 간 아래로 내려가서까지 깊숙이 똥을 푸느라 진땀을 흘렸다.

"어디냐? 어디야?"

똥을 푸는 그의 손에 힘이 들어갔다.

"이제 남은 곳은 여기뿐. 여기 어딘가에 있을 거야."

저벅저벅.

그때, 갑자기 발걸음 소리가 들려오자 왕봉구의 손이 멈췄다.

그가 긴장한 기색이 역력한 얼굴로 위를 살폈다.

"휴우, 아무것도 아니군."

발소리가 들려오지 않자 그가 안도의 한숨을 내쉬며 다시 열심히 똥을 푸기를 잠시.

끼익.

변소 문이 열리며 누군가 변소 안으로 들어왔다.

왕봉구의 손이 다시 멈추었다.

혹시나 다른 하인이 아닐까 싶어 그가 반사적으로 똥바가지를 들고 잔뜩 경계를 했다.

그러나 다행히도 목소리의 주인공은 능사운이었다.

"그 아래 누구 있느냐?"

왕봉구는 다른 하인들이 아니라는 사실에 또 한 번 안도의 한숨을 내쉬며 대답했다.

"예, 장주."

"오, 봉구구나. 내 잠시 소피를 볼 테니, 적당히 피해 있거라."

"예?"

왕봉구가 당황한 목소리로 되물었다.

그러나 그 사이 능사운은 어느새 바지춤을 풀고, 누런 물줄기를 뿜어냈다.

왕봉구가 뒤늦게 피하려고 해봤지만, 변소 아래의 공간은 후원에 위치한 변소와 다르게 협소하기 이를 데 없었다.

도저히 피할 곳을 찾기란 어려웠다.

겨우겨우 오줌발을 피한다고 했지만, 오줌발에 눈이 달렸는지 자꾸 그가 피한 곳으로 오줌이 날아왔다.

왕봉구는 자신도 모르게 입에서 욕이 튀어나왔다.

"쓰벌!"

"엥? 지금 뭐라 했느냐?"

"그게… 똥을 밟았습니다."

"어허, 저런. 조심하지 않고. 으으으."

능사운이 마지막 터는 것까지 잊지 않았는지 오줌이 예측 불가능한 방향으로 튀어왔고, 왕봉구는 그것을 고스란히 뒤집어썼다.

쿵쿵.

"이, 이게… 윽!"

왕봉구는 뒤늦게 자신의 몸을 덮쳐 온 오줌발에서 나는 지독한 악취에 그만 속에 있는 것을 모조리 게우고, 정신이 혼미해져 쓰러지고 말았다.

능사운은 태연히 볼 일을 다 보고 변소를 나오며 낄낄 웃었다.

"아, 개운하다."

"아, 쓰벌!"

장석대가 종이 한 장을 꽉 구겨 버렸다.

그는 능사운의 지시로 생전에 몇 번 잡아 본 적이 없는 붓을 잡고 있었다. 지필묵을 잡은 손이 움직일 때면 어김없이 걸걸한 욕설이 튀어나왔다.

평소에 습관처럼 욕을 하던 것과 달리 이제 아주 입에 욕을 달고 살 정도로 그에게 초대장을 적는 일은 상당히 끔찍한 일이었다.

"니미럴. 이걸 언제 다 적어?"

아직도 그의 옆에는 수북한 종이 더미가 남아 있었다. 반면에 검은 먹이라도 조금 적혀 있는 종이는 얼마 되지가 않았다.

차라리 도를 잡으라면 잡았지 지필묵을 잡고 있으니 손이 다 저려왔다.

"으으, 도망칠까?"

마음 같아선 그러고 싶었다.

그러나 누군가의 무서운 얼굴이 떠오르며 고개를 저었다.

저벅저벅.

그때, 집무실 너머로 발소리가 들려왔다.

장석대의 손이 빛살처럼 종이 위로 향했다. 그리고 진지한 얼굴로 한 자 한 자 적어 내려갔다.

얼마 있지 않아 문이 열리고 누군가 들어왔다.

장석대는 몸을 돌리지 않아도 방에 들어선 이가 누군지 알았다.

"잘 쓰고 있느냐?"

"예, 피똥 쌀 정도로 열심히 하고 있습니다."

저 얄미운 목소리의 주인공은 다름 아닌 능사운으로 방에 들어서기 무섭게 건들건들거리는 걸음걸이로 장석대에게 다가왔다.

"호오, 그래? 어디 좀 볼까?"

능사운이 장석대가 만들어 놓은 초대장 하나를 집어 들었다.

"야, 이 새끼야! 이게 글씨냐, 그림이냐?"

"그, 글씬데요……."

"이런 곰 같은 놈아, 내가 그걸 몰라서 물어? 이거 또 점을 어디다가 찍은 거냐? 엉? 아주 네 멋대로 초대장을 적는구나."

"또, 똑같은 거 아닙니까?"

"으휴, 이제 눈알조차 어떻게 된 모양이구나. 내 널 어디다 써먹겠냐? 너 그냥 짐 싸. 당장 집으로 가라. 그게 내가 살고 네가 사는 일이야."

능사운의 엄포에 장석대는 정신이 번쩍 들었다.

제 발로 나가는 일은 있어도 절대 쫓겨나지 말라던 말이 그의 머릿속에 경종이 되어 울렸다.

'으으, 여기서 쫓겨나면 방내에서도 쫓겨난다. 안 돼!'

장석대가 얼른 무릎을 꿇고 간절하게 빌었다.

"아닙니다. 아니, 안 됩니다! 저 정말 잘할 수 있습니다요. 그러니까 한 번만 더 기회를 주십시오. 장주님, 제발!"

"흐음……."

"살려주십시오."

"뭐, 좋다. 네놈이 불쌍해 한 번만 봐주도록 하지."

"가, 감사합니다."

장석대가 연신 고개를 숙였다.

그러나 능사운은 여전히 탐탁지 않은 얼굴로 혀를 끌끌 찼다.

"그건 그렇고 언제 만 장을 다 채울래? 정말 할 수 있겠어?"

"물론입니다. 맡겨만 주십시오."

"쯧쯧, 넌 종이 값도 아깝다. 어떻게 멀쩡한 것을 찾기가 어려워. 아무튼 망친 종이 값은 네놈 임금에서 깔 테니까 그런 줄 알아."

"……."

"어쭈? 하기 싫어?"

장석대가 서둘러 고개를 흔들었다.

"아, 아닙니다."

"이따 확인할 테니까, 열심히 해라."

"…네."

능사운은 초대장을 홱 던지고는 올 때와 마찬가지로 유유히 집무실을 나가 버렸다.

홀로 남은 장석대는 초대장이 뭐라고 눈가가 촉촉해졌다.

"쓰… 벌! 쓰고 만다!"

입에서는 끅끅거리는 소리와 함께 욕설을 내뱉으며 그의 손길이 다시금 바빠졌다.

한편, 집무실 밖으로 나온 능사운은 뭐가 그리 신이 나는지 히죽 웃고 있었다.

"참 저놈은 무식해서 좋단 말이야. 만 장 다 쓰란다고 쓰고."

머리가 나쁘면 몸이 고생한다고 하지 않던가?

중원이 아무리 넓고 크다고 하나 중원 전역에 만 개나 되는 장원이 있을지는 모르는 일이었다.

퀴퀴한 먼지가 자욱한 창고 안.

산처럼 쌓여 있는 그릇 더미 안에서 황덕칠의 투덜거리
는 불만이 끊이질 않고 새어 나왔다.

"아아, 좀이 쑤셔 죽겠다. 뭐가 이렇게 많아? 이건 그릇
이 아니라 잡동사니 수준이네."

어떻게 된 것이 그릇을 닦고 닦아도 좀처럼 줄어들지 않
았다. 하나를 치워 놓으면 저 구석에서 먼지를 먹은 그릇이
나오거나 빛이 바랜 쟁반을 비롯해 각종 잡동사니가 계속
튀어나왔다.

이제는 거의 보물찾기 수준으로 튀어나오는 그릇 덕분에
그 사이에 주저앉아 힘없이 천으로 그릇을 문지르고 또 문
지르고 있었다.

사람 하나 없이 잡동사니밖에 없는 창고에서 홀로 앉아
있다 보니 가뜩이나 싸돌아다니기 좋아하고, 말하기 좋아
하는 황덕칠로서는 그야말로 죽을 맛이었다.

"으휴, 딸랑 여섯 사람 있는데 무슨 놈의 그릇은 몇 천 명
이 와서 먹을 정도야. 사람이나 좀 있으면 몰라."

황덕칠이 녹이 슨 그릇을 천으로 대충 닦으며 불만을 토
해낼 때였다. 갑자기 그의 뒤에서 인기척도 없이 목소리 하

나가 툭 튀어나왔다.

"곧 올 거야, 바글바글할 정도로. 그러니까 잔말 말고 닦아."

황덕칠은 뒤에 서 있는 사람이 능사운임을 확인하고 호들갑을 떨었다.

"옴마야, 헛기침이라도 하고 오십쇼. 심장 떨어지는 줄 알았네."

"네놈 덩치에 잘도 그러겠다. 그릇은 깨끗이 닦고 있냐?"

"예, 예. 아주 신물이 날 정도로 닦고 있습죠."

능사운은 황덕칠이 닦아놓은 그릇 하나를 발로 툭 차더니 손에 받았다. 그의 눈이 매처럼 그릇을 빠르게 훑었다.

능사운이 황덕칠의 코앞에 그릇을 들이밀며 인상을 찌푸렸다.

"천으로 그릇을 박박 닦으랬더니 아주 주둥이로 침만 발라놨어. 이거 녹슨 거 안 보이냐? 빡빡 제대로 안 닦을래?"

"아이고, 저야 손이 빠져라 문질렀지요. 그런데 이걸로 안 닦이는 걸 어떻게 합니까? 그릇이 저렇게 녹이 슬면 이제 버릴 때가 되었다는 소리지요."

"뭐, 버려? 네놈도 확 버릴까?"

능사운이 눈을 부라리자 황덕칠이 그의 시선을 회피하며 변명을 늘어놓았다.

"아무리 닦아도 안 닦입니다. 그릇을 닦을 때 무슨 내공을 써서 닦는 것도 아니고, 그렇다고 약품을 써서 닦는 것도 아닌데, 고작 이 천으로 저 녹을 어떻게 닦습니까?"

"흥! 네놈 뚫린 주둥이로 닦을 시간에 박박 닦으면 다 닦아져. 실력없는 목수 놈이 연장 탓 한다더니 네놈이 꼭 그 꼴이구나."

유난히 자존심이 강한 황덕칠이 그 말에 발끈했다.

"그럼 장주님께서 해보시지요. 해보시지도 않고 그런 말을 하십니까? 해도 해도 너무하십니다. 하인 괴롭히시는 것이 취미냐고요."

능사운은 비릿한 미소를 지었다.

"내가 닦으면 어쩔래?"

"아, 닦으시면⋯ 이제부터 시키는 일은 묻지도 따지지도 않고, 뭐든지 다하겠습니다."

"좋다. 나중에 딴소리 하지 말거라."

황덕칠은 능사운이 순순히 자신의 제안을 받아들이는 것이 못내 수상했다. 하여 몇 가지 전제조건을 덧붙였다.

"잠깐, 잠깐만요! 그릇을 닦으실 때 절대 내공을 주입해서 닦으시면 안 되고, 다른 술수를 쓰지 않으셔야 합니다. 순수하게 천으로만 닦으셔야 합니다."

"좋아. 제일 더러운 것으로 가져와 봐."

이번에도 능사운은 흔쾌히 그 제안을 받아들였다. 거기다가 가장 더러운 것을 갖고 오라는 자신감까지 내비쳤다.

황덕칠이 불안한 마음을 떨쳐 내기 위해 가장 녹이 지저분하게 들어 있는 그릇을 내밀었다.

'아무리 해도 저건 깨끗이 닦을 수 없을 거야.'

딱 봐도 오래된 그릇을 들고 능사운의 손이 거침없이 움직였다. 그의 손에 들린 천이 그릇을 한 번 감쌀 때마다 어김없이 녹이 깨끗하게 벗겨지며 놋쇠 그릇이 처음의 그것처럼 반들거렸다.

황덕칠은 눈앞의 광경에 입이 떡 벌어졌다.

"허, 이럴 수가."

"어때? 잘만 닦이네."

너무나 손쉽게 슥슥 닦아내자 그릇의 녹이 말끔히 제거되었다.

"말도 안 돼."

"자, 확인해 봐라."

능사운은 다 닦은 그릇을 황덕칠에게 건넸다.

그릇을 받아 든 황덕칠은 혹시나 내공을 사용한 흔적이 있거나 다른 술수가 있는지 샅샅이 살폈다.

하지만 어디에도 그런 흔적을 찾을 수가 없었다.

황덕칠은 이대로 순순히 자신의 패배를 인정할 수 없었

다. 눈앞에 상황을 그냥 납득하기에는 무언가 석연치 않았다.

그때, 능사운의 손에 들린 천으로 시선이 갔다.

그릇에 이상한 술수가 없다면 분명 그걸 닦았던 천에 무언가 있을지 몰랐다.

"장주님! 혹시 그 천이 이상한 거 아닙니까?"

"천? 그냥 헝겊인데?"

"혹시 모르니 확인을 해보겠습니다."

"어허, 이놈이 이제 의심을 해? 만약에 천까지 확인해서 아니면 어쩔래?"

"아니면 아닌 거죠. 그냥 일단 확인을 한다는 거죠."

"흥! 네놈이 지금 나를 못 믿겠다는 소리구나. 그렇다면 천을 확인해서 아니라면 네놈 목숨을 걸어라."

"예? 겨우 그런 거에 목숨까지 걸라니요?"

황덕칠이 황당한 표정을 지었다.

반면 능사운의 얼굴은 한없이 진지했다.

"그 정도는 되어야 내 자존심이 살지. 감히 나를 어떻게 보고. 어때? 하겠느냐?"

"그게……."

"왜? 꿀리면 그냥 뒈지던가."

"끄응."

"해? 말아?"

능사운이 목소리에 힘까지 주자 황덕칠은 뻗어가던 손을 아직 닦이지 않은 그릇을 잡으며 입을 삐죽거렸다.

"아! 닦으면 되잖아요. 박박 닦으면."

"상대도 안 되는 것이 까불고 있어. 좀 있다 확인할 테니 제대로 닦아."

"…네."

황덕칠은 솥뚜껑만 한 주먹으로 천을 꽉 쥐고 그릇이 부서져라 닦기 시작했다.

그런 그를 뒤로한 채 능사운은 창고를 천천히 빠져나왔다.

창고 앞에 선 그의 미소가 야릇하게 변했다.

'에라이, 소심한 놈. 조금만 버티면 네놈이 이겼을 텐데… 쯧쯧.'

능사운이 손에 들고 있던 천에 화르르 연기가 피어오르더니 이내 한줌 재로 변했다. 그런데 타들어가는 천에서 특이한 향이 피어났는데, 이를 아는 것은 오직 능사운뿐이었다.

"후후, 멍청한 놈."

능사운은 다른 하인들이 분주하게 일을 하는 것을 알고

후원의 정자로 향했다.

그러다가 문득 발걸음을 뚝 멈추었다.

아직 확인하지 않은 한 명이 생각났기 때문이었다.

"흐음, 시장은 잘 보고 있으려나? 한번 가볼까?"

막상 시장에 보낸 고말복을 찾아 가려니 귀찮음이 밀려
왔다.

"아니야. 딱 봐도 고생길이 훤하니까 뭐. 굳이 나까지 갈
필요는 없겠지."

능사운의 불길한 예언은 어김없이 적중했다.

고말복은 말자에게서 받은 식재료 종이를 들고 인파가
북적이는 저잣거리를 누비고 있었다. 한데 그의 안색이 유
난히 새하얗게 변해 있었다.

그는 사람들의 시선을 최대한 의식하지 않으려고 했다.
그리고 종이에 적혀 있는 고기를 사기 위해 푸줏간으로 발
걸음을 돌렸다.

비릿한 혈향이 익숙하게 그의 코끝을 자극해 푸줏간을
찾는 건 그리 어렵지가 않았다.

하지만 그 앞에 서 있는 사람이 세 사람이나 있어 그들이
가기까지 잠시 기다려야 했다.

그들이 저마다 고기를 짊어지고 사라지고 혹여 누군가

다가올까 봐 재빨리 푸줏간으로 들어갔다.

푸줏간에는 텁석부리장한이 있을 거란 상상과 달리 투박한 얼굴에 주름이 자글자글한 중년 여인이 그를 반겼다.

"어서 오세요. 못 보던 공자가 오셨네그려."

고말복이 고개를 끄덕이며 목례로 가볍게 인사를 받았다.

중년 여인은 장사꾼 특유의 눈치로 고말복이 한 눈에 봐도 숫기가 없음을 알고는 먼저 물었다.

"고기가 필요하신가요? 어떤 고기? 돼지, 소, 닭, 꿩, 오리… 말만 하세요."

고말복은 이번에도 말 대신에 한쪽에 두툼하게 걸려 있는 선홍빛 돼지를 가리켰다.

"아, 돼지고기. 몇 근이나 드릴까?"

고말복은 종이를 살폈다.

종이에는 다행히 80근이라는 숫자가 적혀 있었다.

그가 입을 살짝 달싹였다.

"팔… 근."

"여덟 근?"

"팔십… 근."

여인은 비로소 고개를 끄덕이며 묵직한 고기를 도마 위에 올렸다. 그리고 한결 밝아진 얼굴의 고말복에게 다른 질

문을 던졌다.

"고기는 어떻게 잘라 드리까?"

고말복은 종이를 다시 살펴봤다.

하지만 종이에는 그 부분에 대한 것이 적혀 있지 않았다.

생전 고기를 직접 사본 적이 없는 그인지라 지금의 질문은 과거에 어떤 병기를 고를 것인가 결정할 때보다 더 난해했다.

중년 여인이 재차 물어왔다.

"응? 어떻게?"

"……."

"아따, 멀쩡하게 생긴 분이 너무 과묵하신 거 아닌가? 말을 해야 고기를 주지."

"……."

고말복은 한참 끙끙거리다가 겨우 입을 열었다.

"알아서."

여인은 황당한 표정을 짓더니 이내 숙달된 칼 솜씨로 고기를 자르고 담아 고말복에게 내밀었다.

"여기요, 숫기없는 총각."

고말복은 말없이 그걸 받아 들고는 가볍게 고개를 숙이고는 푸줏간을 빠져나갔다.

그의 뒷모습을 보며 푸줏간 여인이 혀를 끌끌 찼다.

"쯧쯧, 저래서야 원. 다른 곳에서 물건이나 제대로 살까 몰라?"

푸줏간 여인의 우려대로 고말복에게 다른 물건을 사는 것 역시 크나큰 곤욕이었다.

다른 사람이 물건을 사는 데 반각이 채 걸리지 않는 것과 달리 그는 심하면 몇 시진 동안이나 같은 물건을 사기 위해 끙끙거렸다.

이번에 그가 사야 하는 건 야채였다.

청경채라고 하는 것으로 고기를 싸 먹을 때 좋은 채소였다.

그는 각종 채소를 길게 늘어놓은 야채가게의 가판대에 이르러 유심히 채소들을 살폈다.

그러나 채소를 사본 적이 없는 그가 청경채가 무엇인지 알 수가 없었다.

다행히 야채를 파는 젊은 아낙이 그에게 먼저 말을 걸어 주었다.

"어서 오세요, 손님. 오늘 반찬거리라도 찾으시는 건가요?"

고말복이 대답 대신 고개를 저었다.

대신에 입을 작게 달싹여 자신이 찾는 걸 얘기했다.

"…청경채."

그가 이렇게 곧바로 말을 하다니, 장을 본 지 몇 시진 만에 장족의 발전이었다.

여인은 가판대를 훑어보다가 하얀색 줄기를 가진 채소를 들고 와 고말복에게 내밀었다.

"하필 청경채가 다 나가고 백경채밖에 없네요. 청경채 대신에 백경채를 사 가지고 가시면 될 거에요. 어차피 색깔만 틀리지 맛은 같으니까요. 호호."

아낙의 말에 고말복의 미간에 주름이 잡혔다.

그가 고개를 가로저으며 나지막하게 말했다.

"안… 된다. 청경채가… 필요하다."

"손님. 청경채는 다 떨어져서 백경채밖에 없어요. 백경채라도 필요하시면 가져가세요."

"…청경채가… 필요하다."

"아, 글쎄. 다 떨어져서 없다고요."

"……청경채."

고말복은 청경채라는 말을 주구장창 반복했다.

그쯤 되자 채소를 파는 아낙도 슬슬 인내심이 한계에 달했다.

"안 판다고요. 없어서 못 팔아요!"

"…청경채, 사오라고 했다."

고말복에게 아낙의 말은 전혀 통하지가 않았다.

아낙은 고말복을 매섭게 노려보았다.

'뭐 저런 목석같은 놈이 다 있어.'

"없다고요!"

"…청경채."

고말복과 실랑이를 벌인 지도 어언 반각이 넘었다.

그 사이 손님들 몇이 오가고 했다. 이대로 있다가는 장사를 하는 데 어려움이 있었다.

아낙은 결국 참다 참다 못해 옆옆 가게 너머에 있는 채소가게에 달려갔다. 그리고는 청경채를 직접 사 가지고 왔다.

아낙이 고말복 앞에 청경채를 떡 내밀며 말했다.

"자요, 여기 됐죠?"

그제야 고말복이 만족스러운 얼굴로 값을 치르고 몸을 돌렸다.

그가 가고 아낙은 진저리가 난 얼굴로 소금을 휙휙 뿌렸다.

"내 살다 보니까 저런 놈은 처음 봤네. 으휴, 다신 오지 마라."

한편, 고말복이 들고 있는 종이에는 아직 열 개가 넘는 목록이 남아 있었다.

그러나 이미 해는 뉘엿뉘엿 붉은 그을음을 남기며 져 가고 있었다.

저녁 식사 시간이 되어서도 하인들은 코빼기도 비치지 않았다.

능사운은 오늘도 홀로 식당에 앉아 있었다.

"하아, 오늘은 조용해서 좋네."

온종일 하인들 그림자가 장원에서 보이지 않자 이렇게 조용할 수가 없었다.

유난히 기분이 좋은 능사운 앞으로 말자가 푸짐한 저녁상을 차려왔다.

'오늘은 얼마나 조미료를 쳐뿌려댔을까?'

능사운은 기대 어린 마음으로 음식을 한입 맛보는데, 그의 표정이 오묘하게 변했다.

"응?"

능사운이 이상한 눈초리로 말자를 쳐다봤다.

말자는 그의 시선에 뿌듯한 얼굴로 먹기 좋게 생선 살을 발라 주었다.

"오늘은 신경 좀 썼어요."

"갑자기 왜 이래?"

"호호, 뭘요."

"뭐긴 뭐야. 그 말이 더 신경 쓰이는 거 알지?"

말자는 말없이 웃으며 능사운이 식사를 하는 맞은편에 앉아 그를 그윽하게 바라보았다.

'뭐야, 이 끈적거리는 시선은. 애가 뭘 잘못 처먹었나? 오늘 따라 왜 이래?'

평소랑은 달라도 너무 다른 그녀의 태도에 능사운은 수상쩍은 눈으로 그녀를 노려보다가 이내 시선을 거두고는 식사에 열중했다.

한참 젓가락을 놀리던 능사운이 소채를 씹으며 입을 열었다.

"참, 고말복이는 돌아왔어?"

"아직 오지 않았어요. 식재료를 직접 만들러 갔는지 도통 오지를 않네요."

"말하는 거 하고는. 식재료를 맡겨놓고 걱정도 안 되나 보지?"

"그거야 그놈 팔자죠. 그런 작은 일도 못하면서 무슨 하인을 하겠어요?"

말자는 같은 하인이라고 두둔하거나 감싸지 않았다. 오히려 당찬 그녀의 말에 능사운이 만족스러운 얼굴로 고개를 끄덕였다.

"아줌마 말 한 번 잘 하네."

능사운의 칭찬에 말자는 자신감을 얻었는지 도리어 궁금한 것을 물어왔다.

"제가 듣기로 손님이 오신다고 한 것 같은데… 그래서 이렇게 다른 하인 놈들이 바쁜 건가요?"

"뭐 그런 셈이지."

"대충 몇 분이나 오시나요? 장석대 말로는 초대장을 만 장이나 적어야 한다고 툴툴 거리더라고요."

"아, 그거? 대충 보아하니까 그놈이 글이랑은 담을 쌓은 놈 같아서 만 장 중 백 장이라도 건지면 다행이라는 식으로 쓰라고 했지."

말자는 능사운의 태연한 말 속에 담긴 의미를 깨닫고 '풋' 하고 웃었다.

'정말 사악해. 그래도… 이 남자 끌리네.'

그의 의도가 다분히 하인들을 골탕 먹이기 위한 것임을 깨달은 그녀가 은밀히 물었다.

"그럼 손님 이야기는 그냥 하신 거겠네요?"

능사운은 수저로 막 국물을 뜨면서 말했다.

"음, 그거야 모르지. 당장 내일이라도 불청객이 찾아올지도."

그는 알 듯 모를 듯 의미심장한 말을 남겼다.

말자가 의아한 얼굴로 재차 물었으나 능사운은 그 뒤로

묵묵히 식사를 할 뿐이었다.

그로부터 며칠 뒤.

불행히도 그의 말은 곧 현실이 되고 말았으니.

第五章 불청객들[内者不善]

天下莊主
천하장주

　사람의 왕래가 드문 악양 변두리에 위치한 장원 앞으로
이른 아침부터 일단의 무사가 나타나 형형한 안광을 뿌리
고 있었다.

　그들은 안휘성에서 출발한 남궁세가의 사람들로 소가주
남궁진상을 필두로 청풍검대의 한 개 조로 이루어져 있었
다.

　남궁진상은 얼핏 봐도 남궁세가에 못지않을 정도로 커다
란 장원을 매섭게 노려보며 물었다.

　"저곳이냐?"

"저곳이 맞는 것 같습니다."

"감히 대남궁세가를 우롱하다니, 이제부터 그 대가를 뼈저리게 치르게 될 것이다!"

분노한 남궁진상이 당장에라도 검을 뽑아 들고 달려들려고 하자 청의건을 두른 청풍검대의 조원 하나가 부복하며 말했다.

"소가주. 잠시만 기다려 주십시오. 제가 다녀오도록 하겠나이다. 닭 잡는 데 굳이 소가주께서 직접 나서실 필요가 있겠습니까?"

"흥. 필요없다. 그럴 것 없이 그냥 때려 부수면 그만이다."

분노에 가득찬 남궁진상이 허리춤에 손을 뻗었다.

그때, 그의 우측에 서 있던 청풍검대의 대주인 남궁필이 급히 그를 말렸다.

"허허, 소가주. 그런 식으로 하면 아니되오. 우린 사파의 무리가 아니라 대남궁세가요. 격식에 맞게 처리를 할 필요가 있소이다. 소가주는 다 좋은데 성격이 너무 급하신 점이 있다오."

남궁진상이 화를 억누르며 손을 내렸다.

"흠흠, 숙부께서 그리 말씀하시니 참도록 하겠습니다."

"잘 생각하셨습니다."

그렇게 한참 이야기가 흐르고 있을 무렵.

끼익.

그들이 서 있는 천하장의 문이 살짝 열렸다. 그리고 그 사이로 왕봉구가 귀찮은 기색이 역력한 얼굴로 모습을 드러냈다.

"젠장. 이런 아침부터 누가 온다고……."

왕봉구는 막 짜증 섞인 말을 하다가 장원 앞에 서 있는 일단의 무리를 보고 흠칫 놀랐다.

"뉘신지……."

남궁진상을 비롯한 청풍검대 무사들 역시 순순히 문을 열고 모습을 드러낸 왕봉구를 보고 살짝 당황한 얼굴로 그를 노려보았다.

잠시 그들 사이에서 미묘한 긴장감이 흘렀다.

쾅.

왕봉구가 문을 냅다 닫아버렸다.

그는 짧은 시간 동안 무사들의 복장을 보고 그들의 정체가 누구인지 짐작할 수 있었다.

'청의건에, 소매에 있는 검 모양은 틀림없이……남궁세가!'

그의 머리가 빠르게 회전했다.

일단 작전상 후퇴였다.

이 사실을 어쨌든 천하장의 총책임자라 할 수 있는 능사운에게 알리기 위해 바삐 장원으로 뛰어갔다.

'결국 사단이 터졌어!'

능사운을 급히 부르며 뛰어가는 왕봉구는 설마 저들이 능사운이 말하던 손님일 거란 생각은 추호도 하지 못했다.

"장주─!"

"장주─ 님!"

왕봉구가 소리를 치며 평소에 한 번 찾을까 말까 하는 능사운을 애타게 찾았다.

그 소리에 숙소에서 하나둘 하인들이 걸어나왔다.

장석대가 놀란 얼굴의 왕봉구를 향해 이죽거리며 물었다.

"무슨 일이야? 귀신이라도 봤냐? 아주 금방이라도 오줌을 지리겠네."

말자 역시 의아한 얼굴로 왕봉구를 쳐다봤다.

"아침부터 왜 저래?"

왕봉구는 그들의 말을 무시하며 능사운을 찾느라 바빴다. 그러다가 저만치서 늘어지게 하품을 하면서 걸어오는 황덕칠이 보였다.

"이─ 노옴!"

왕봉구는 다짜고짜 황덕칠의 멱살을 잡았다.

아직 잠이 덜 깬 황덕칠이 잠이 싹 날아가 놀란 얼굴로 외쳤다.

"야! 왜 그래?"

"지금 몰라서 물어? 엉?"

"무슨 소리야? 너 하도 똥을 푸더니만 이제 미친 거야?"

"이 자식아! 말 돌리지 마! 지금 밖에 남궁세가가 와 있거든."

왕봉구가 이를 빠드득 갈았다.

황덕칠은 영문을 모르겠다는 얼굴로 고개를 갸웃거리며 도리어 물었다.

"남궁세가가 왜?"

"네놈이 몰라?"

"나도 몰라."

옆에서 이 상황을 지켜보고 있던 장석대가 그들 사이에 끼어들며 말했다.

"뭐? 남궁세가? 이런 육시랄 놈이. 비겁하게 지 혼자 지원군을 불러?"

"아니야, 아니라니까! 난 절대 부른 적이 없어."

"……간사한 놈."

"쯧쯧, 사내 놈이 덩치 값도 못하고는."

말자까지 합류해 눈을 흘겼다.

상황은 졸지에 황덕칠이 남궁세가의 무리를 부른 것으로 되어가고 있었다.

"난 아니야! 아니라고!"

황덕칠이 억울함을 호소해 봐도 씨알도 먹히지 않았다.

한참 하인들끼리 다투고 있을 때였다.

능사운이 전각에서 느긋하게 나와서 그들을 향해 말했다.

"손님이 왔으면 맞을 준비를 해야지."

"예? 손님이라니요? 지, 지금 남궁세가가 와 있다고요!"

"어허, 손님은 손님이지. 지금 손님이 왔는데 하인 놈들끼리 싸움질이나 하고 있고. 아주 잘들 논다, 놀아."

왕봉구가 기가 막혀 발을 동동 굴렀다.

"아이고, 장주. 제발 정신 좀 차리십시오. 손님도 손님 나름이지. 지금 남궁세가 놈들이 살기를 흉흉히 뿌리고⋯⋯."

"시끄럽다. 네놈이나 잠이나 깨고 정신 좀 차려라. 그깟 남궁세가를 보고 벌벌 떨면 남들이 보면 비웃어. 그러니까 잔말 말고 빨리 저들이나 맞이해."

나머지 하인들은 일순간 멍한 표정을 지었다.

세상에 누가 남궁세가를 그깟 남궁세가라고 할 수 있겠

는가?

정말 배포가 큰 건지 겁이 없는 건지 도통 알 수 없다는 표정들을 지었다.

능사운이 재차 그들을 다그쳤다.

"어서!"

"예, 예!"

그제야 그들은 뒤늦게 남궁가를 맞이하기 위해 분주하게 움직였다.

잠시 후, 왕봉구의 안내를 받으며 남궁진상과 청풍검대가 장원 안으로 들어왔다. 그들은 순순히 자신들을 들여보내 주자 상당히 무안하게 장원 안으로 발을 들여놓았다.

그들이 잘 정돈된 장원 내부의 모습을 미처 감상할 틈도 없이 남궁진상이 선불 맞은 멧돼지처럼 뛰어가 외쳤다.

"어느 놈이 그 건방진 장주냐?"

능사운은 객청에서 여유롭게 그들을 맞이했다.

"하하하. 어서들 오시구려. 저 먼 안휘성에서 예까지 귀한 발걸음을 다 하시다니. 무슨 일로 오셨소이까?"

남궁진상과 청풍검대는 그들의 상상과 달리 현저하게 어려 보이는 능사운을 보고 한 차례 놀랬다.

그것도 잠시 남궁진상이 품 안에 있던 서찰을 능사운에게 휙 던졌다. 가볍게 던진 것처럼 보이나 서찰에는 미증유의 힘이 실려 능사운을 노리고 비수처럼 날아갔다.

"네놈이 몰라서 묻는 게냐?"

능사운은 날아오는 서찰을 가볍게 툭 쳤다. 그러자 겉 봉투와 안의 내용물이 분리되었다. 허공에서 쫙 펼쳐진 서신이 그의 손에 안착했다.

"음, 이걸 내가 보냈던가, 안 보냈던가?"

그 가벼운 한 수에 청풍검대 서른세 명의 무사의 얼굴이 딱딱하게 굳었다.

하지만 남궁진상은 그것이 그저 우연이라고 생각을 한 모양인지 콧방귀를 끼며 사납게 말했다.

"이놈이! 그 낙관이 네놈 것이 아니란 게냐?"

"자꾸 반말 찍찍 내뱉네. 거 듣고 참아주는 것도 한계가 있어."

"시끄럽다! 그게 네놈 것이 맞느냐, 아니냐만 말해라."

"그래, 내 거 맞아."

능사운이 씩 웃다가 미소없이 무표정한 얼굴로 말했다.

"그런데 내가 가주 보고 직접 오라고 그랬잖아."

"으으. 이— 노옴! 감히 네놈이 남궁가를 무시하느냐? 내가 남궁가의 소가주다."

"그래서 뭐? 내가 네 애비보고 직접 오라고 그랬잖아."

남궁세가의 가주를 직접적으로 모욕하는 그의 언사에 남

궁진상을 비롯해 청풍검대의 무사들이 일제히 검을 뽑아 들었다.

상황이 일촉즉발로 흐르나 능사운의 뒤에서 하인들이 똥씹은 얼굴로 어떻게 해야 하나 서로의 눈치를 살피느라 바빴다.

남궁진상이 벌겋게 달아오른 얼굴로 외쳤다.

"감히 네놈이 남궁가를 능멸하려 드는 게냐? 내 오늘 네놈의 추접한 혓바닥을 비롯해 이곳의 주춧돌 하나 남겨두지 않으리라."

"그 근거없는 자신감은 어디서 나온 거지? 보아하니, 섬전십삼검뢰(閃電十三劍雷)를 믿고 까부는 것 같은데… 지금 검을 뽑아도 괜찮겠어?"

능사운이 자신이 익힌 무공을 알아본다는 사실에 남궁진상을 비롯해 남궁도는 의외라는 얼굴이었다. 하지만 이미 남궁가의 검공은 중원 전역에 알려져 있어 그냥 대충 찍었을 거란 생각에 가볍게 무시했다.

"음! 그래도 제법 보는 눈은 있나 보군. 네놈이 직접 내 검에 팔 모가지가 하나 잘려 나가도 그딴 개소리를 지껄일 수 있나 보자꾸나."

"내가 남궁세가라고 해서 한 수 접어줄 줄 알았냐?"

남궁진상이 분노한 얼굴로 일갈을 터뜨렸다.

"자꾸 지껄이지 말고, 검을 뽑아 들고 덤벼라. 남궁가가 베풀 수 있는 자비는 끝났다. 기필코 네놈의 사지를 모두 찢어주마."

"아이구, 무서워라. 이럴 줄 알았냐? 에효, 소가주. 네 나이 때는 그럴 수도 있지. 여차하면 뒤의 무사들이 널 도와줄 거라 생각하고 그리 당당한 거지?"

그의 말에 청풍검대의 대주 남궁도가 아차했다.

'저놈이 지금 도발을 해서… 막아야 한다!'

"소가주. 저놈의 말을……."

그러나 이미 늦어버리고 말았다.

남궁진상이 검으로 능사운을 가리키며 외쳤다.

"이놈! 헛소리 하지 마라. 남궁가의 이름을 걸고 네놈 따위야 나 혼자서도 충분하다."

그는 자신도 모르게 능사운의 격장지계에 넘어가고 말았다.

능사운이 히죽 웃으며 그를 끝까지 약올렸다.

"좋아. 그럼 후회하지 마라."

"갈! 후회는 네놈이 할 것이다. 남궁가를 모욕한 대가를 뼛속 깊이 새겨주마!"

"어이, 뒤에 서 있는 네놈들 들었지? 너희 잘난 소가주가 한 말을 어기지는 않겠지?"

"이놈이! 보자보자 하니까 어느 안전이라고 그 더러운 혀를 놀리느냐!"

청풍검대의 무사가 앞으로 한걸음씩 나섰다.

그때, 남궁진상이 손을 들어 그들을 제지시켰다.

"멈춰라. 모두 물러나 있거라."

"소가주!"

"어허! 지금 내 명을 무시하겠다는 거냐?"

"하지만……."

이미 능사운에 대한 분노로 점철되어 있는 남궁진상은 그들의 말이 들리지 않았다. 도리어 흥분한 얼굴로 그들에게 외쳤다.

"내가 저깟 놈을 상대 하나 못할 것 같으냐? 이제 나선다면 나를 무시하는 것으로 알겠다."

청풍검대의 무사가 대주인 남궁도를 보았다.

남궁도가 가볍게 한숨을 내쉬며 고개를 끄덕였다.

"후우, 물러나라."

*　　　　　*　　　　　*

청풍검대주 남궁도와 청풍검대의 무사가 남궁진상 뒤로 물러났다.

이어서 능사운이 천천히 그의 앞으로 걸어나왔다.

적당한 거리를 두고 마주 선 그들에게서 미묘한 긴장감이 흘렀다.

한껏 여유로운 능사운과 의기양양한 남궁진상.

챙—

남궁진상이 멋들어지게 검을 뽑아 들며 외쳤다.

"이놈! 검을 들어라."

"맨손이 편해."

"날 기만하는 게냐? 개소리 집어치우고, 당장 검을 뽑아라! 네놈 허리춤에 있는 검을 뽑지 않고, 나중에 울고불고 해도 소용이 없다."

"이거 그냥 장식용이야. 무엇보다 닭 잡는 데 검을 왜 뽑아?"

능사운의 모욕적인 언사에 남궁진상은 얼굴이 벌겋게 달아올랐다. 그러나 쉽게 흥분을 하지 않았다. 싸움을 앞두고 분노를 하는 건 하수들이나 하는 짓이란 걸 잘 알고 있었다.

남궁진상은 이를 빠드득 갈며 말했다.

"네놈 혓바닥만큼이나 실력이 있어야 할 게다. 그렇지 않으면 목이 성하지 않을 테니."

"어이구, 무서워라. 입으로 싸우냐?"

"이놈이! 당장에 내 간악한 그 혓바닥부터……."

남궁진상이 당장에라도 달려들려는데 능사운이 손을 들어 그를 제지했다.

"잠깐!"

"흥! 뭐냐? 이제야 겁이 난 게냐? 지금이라도 네놈의 혀를 뽑고 무릎을 꿇는다면 목숨만은……."

"아, 그게 아니라. 그냥 하면 심심하잖아. 명색이 대남궁가의 소가주랑 검을 겨루는데 조건이라도 하나 걸어야 자존심이 살지."

"조건? 걸어봐야 의미도 없는 것 따위를 왜 거느냐? 어차피 네놈이 질 것이 뻔하거늘."

"아, 그러니까 이왕에 걸자는 거지. 네놈이 날 꺾으면 날 마음대로 해. 고문을 하든 죽이든 살리든 말이야. 어때?"

"좋다. 그럼 이제 싸우자!"

남궁진상이 다시 기수식을 취해 공격을 가하려던 찰나 능사운이 아직 할 말이 남았는지 손을 들었다.

"잠깐!"

"또 뭐냐?"

"어허, 이놈 봐라? 나도 걸었으니, 네놈도 걸어야지. 네놈이 나한테 지면 어떻게 할 거냐?"

"흥! 내가 네놈 따위에게 질 것 같으냐?"

"만약에 지면?"

남궁진상은 어차피 자신이 이길 거라 크게 개의치 않고 조건을 말했다.

"내가 지면 평생 종복으로 살겠다."

그 조건을 들은 능사운이 인상을 찌푸렸다.

'어허, 이놈 봐라. 그래도 나한테 지면 목숨이라도 구걸하겠다는 거네?'

낭인이었던 능사운에게 목숨이 가장 큰 것이라고 한다면 명문세가의 출신인 남궁진상에게 있어 자존심은 곧 목숨보다 더 큰 것이었다.

능사운은 굳이 남궁진상의 목숨을 취하려는 마음이 없어 그 조건을 받아들였다.

'아주 제대로 굴려주마.'

그가 씩 웃으며 남궁진상을 도발했다.

"어디 그 잘난 섬전십삼검뢰를 한번 봐볼까?"

"각오해라!"

남궁진상의 검이 세 개의 궤적을 그리며 능사운을 베어왔다.

상당한 쾌검에 능사운이 흥미를 보였다.

"호오, 제법이네? 하지만!"

가볍게 궤적을 피한 능사운의 발이 기이한 각도로 남궁

진상의 허벅지를 걷어찼다.

"크윽."

다행히 발에 힘이 풀리지는 않았으나 다리가 쩌릿쩌릿한 것이 상당한 힘이 실려 있었다.

남궁진상이 허벅지가 차이는 순간 잽싸게 능사운의 옆구리를 찔렀다.

하나 능사운은 이미 그곳에 없었다.

어느새 남궁진상의 등 뒤에 나타난 능사운이 일장을 크게 뻗었다. 그러자 뒤늦게 놀란 남궁진상이 황급히 몸을 틀어 그걸 막아갔다.

'걸렸다.'

다행히 공격을 막은 듯했으나 능사운의 주먹이 어김없이 남궁진상의 비어 있는 옆구리를 때렸다.

'커헉.'

남궁진상은 입에서 비명 소리가 나오려는 걸 간신히 참았다.

그저 능사운의 신법이나 보법이 자신보다 더 뛰어나 이렇게 얄팍하게 공격을 가한다 생각한 그는 공격 방식을 바꾸었다.

섬전십삼검뢰의 장점인 침(攝)격 위주의 공격을 가했다.

그러자 확실히 능사운이 달라붙어 권장지각을 자유로이

쓸 수가 없었다.

"이놈! 걸렸구나!"

드디어 능사운의 약점을 발견했다는 생각에 남궁진상은 철저히 찌르는 공격을 펼쳤다.

하지만 이건 능사운의 노림수였다.

'멍청하게 또 걸렸군. 이래서 정파 나부랭이들은 안 돼.'

능사운이 장법을 연달아 펼쳐 남궁진상의 시야를 흩뜨려 놓았다. 그러는 한편 왼쪽 발을 축으로 팽이처럼 돌아 상대적으로 무방비한 남궁진상의 발목을 후려쳤다.

온전히 공격을 가하진 못했으나 발목을 타고 무릎을 때리자 남궁진상이 살짝 휘청거렸다.

그 기회를 놓치지 않고, 능사운이 옆으로 파고들어 재차 반대쪽 허벅지를 거세게 걷어찼다.

퍽.

둔탁한 소리와 함께 남궁진상이 검으로 땅을 디디며 물러났다.

"이거, 이거. 아래가 부실하구먼."

능사운이 히죽 웃었다.

남궁진상은 얄미운 능사운을 향해 바로 검을 휘두르지 못하고 숨을 골랐다.

"이놈! 그 잘난 척이 얼마나 가나 두고 보겠다."

그가 심호흡을 하고 다시 몸을 날렸다.

또 다시 둘은 그렇게 한참을 뒤엉킨 채 싸움이 이어졌다.

＊　　　＊　　　＊

대결은 꽤나 치열해 보였다.

하지만 이건 누가 봐도 일방적인 싸움이었다.

"겨우 이게 다야?"

"이… 익."

능사운의 도발에 남궁진상은 입술을 질끈 깨물었다.

벌써 수십 합을 나눈 지금에서야 눈앞에 능사운이 만만치 않은 상대임을 누구보다 뼈저리게 느끼고 있었다.

지켜보는 사람들은 이미 승부가 한쪽으로 기울었음을 알고 있었으나 쉽사리 끝이 나지 않았다.

능사운이 남궁진상에게 몸을 날렸다.

그의 손이 뱀처럼 영활하게 움직여 남궁진상의 검을 피하며 고스란히 비어 있는 가슴을 향해 날아갔다. 그리고 가슴에 치명적인 일장을 때릴 것 같은 그의 손이 가볍게 남궁진상의 멱살을 잡고 거칠게 던져 버렸다.

휙.

삽시간에 공중에 붕 뜬 남궁진상이 공중에서 발을 차며

균형을 잡고 땅에 착지했다.

'이놈이 나를 놀리는구나.'

방금 공격을 거두었다는 사실을 알게 된 남궁진상의 얼굴이 붉게 달아올랐다. 수치심과 분노가 뒤섞인 그의 눈에 독기가 쌓여갔다.

남궁진상은 팔의 근육이 팽팽하게 당겨져 끊어질 것 같은 고통을 애써 무시하며 검을 꽉 쥐었다.

"하압!"

그의 입에서 단말마의 기합성이 터져 나왔다. 이전의 검이 섬전이었다면, 무언가 번쩍이는 흔적도 없이 검이 말 그대로 순간이동을 했다.

능사운의 코앞에 나타난 검은 그대로 그를 꿰뚫을 기세로 쭉 뻗었으나 얄밉게도 능사운이 철판교의 수법으로 가볍게 그걸 피해냈다. 동시에 각법을 펼쳐 남궁진상의 오른쪽 발을 노리고 들어왔다.

'음!'

남궁진상이 놀라 발을 뺐고, 그 순간 능사운의 주먹이 어김없이 날아왔다.

텅.

검과 주먹이 부딪히는데 단단한 것이 부딪치는 소리가 나왔다.

능사운이 제자리에 있는데 반해 남궁진상은 세 보나 비척비척 물러나야만 했다. 게다가 그의 입가로 붉은 선혈이 주르륵 흘러내렸다.

그 모습을 뒤에서 지켜보던 청풍검대의 무사들이 도저히 참지 못하겠는지 검병에 손을 가져갔다.

"소가주—!"

그러나 청풍검대의 대주인 남궁도가 손을 들어 그들을 제지했다.

"멈춰라."

"대주!"

"이건 소가주의 뜻이다. 소가주의 명령은 곧 남궁가의 명이다. 어찌 움직일 수 있겠느냐?"

"그건……."

"섣불리 움직이지 말도록! 만약 움직인다면 그거야 말로 소가주께 수치를 끼쳐 드리는 일이다. 그저 소가주가 승리하시는 걸 지켜만 보면 된다."

남궁진상은 소매로 피를 슥 닦으며 검을 다시 잡았다.

"숙부님 말씀처럼 난 괜찮다. 그러니 절대 나서지 말도록."

"존명!"

청풍검대 무사들은 검에서 손을 뗴었으나 안타까운 눈으

로 남궁진상의 등을 쫓았다.

청풍검대의 대주인 남궁도는 누구보다 안쓰러운 마음으로 남궁진상을 살피고 있었다. 그 역시 몇 번이나 나설까 했으나 자신의 역량을 잔뜩 끌어내며 점점 발전하는 조카의 모습에 꾹 참고 있었다.

'어쩌면 막혔던 벽을 한 단계 뛰어넘으실지도 모른다. 기다려야 한다. 조금만 더.'

능사운을 노려보는 남궁진상의 안광이 번뜩였다.

한 마리의 매처럼 그의 검이 능사운의 요혈을 노리며 찔러갔다.

이전까지 다섯 번 정도인 것과 달리 여섯 번이나 내지르는 검은 한층 더 빨라졌고 날카로워졌다.

그러나 상대는 능사운이었다.

여전히 오만하게 검조차 뽑아 들지 않은 능사운의 발이 표홀하게 움직이더니, 찔러오는 검의 궤적을 피하거나 장법으로 하나둘 와해시켜 버렸다.

남궁진상 역시 이미 그걸 예상이라도 했듯이 그의 검이 일검양단(一劍兩斷)의 기세로 뚝 떨어졌다.

그때 미약하게 그의 검에서 뇌성이 울려 퍼졌다.

능사운의 눈이 처음으로 이채를 띠었다.

"호오?"

자신을 덮쳐 오는 푸른 검기를 보고도 능사운은 긴장하기보다는 재미있는 장난감을 만난 아이처럼 눈을 빛냈다.

남궁진상의 검에서 뿜어져 나오는 푸른 검기가 능사운을 덮쳐 가자 남궁도를 비롯한 청풍검대 무사들의 손에 땀이 찼다.

'오오, 드디어 뇌기를 뽑아내셨구나!'

섬전십삼검뢰의 검공을 익힌 사람만이 쓸 수 있다는 뇌전의 기운을 담긴 검기가 비로소 소가주인 남궁진상의 손에서 만들어졌다는 사실에 그들 모두 감탄했다. 그리고 능사운이 이번엔 막지 못하고 쓰러질 것이라 믿어 의심치 않았다.

'이제 끝이다!'

반면 하인들은 능사운을 덮쳐 오는 범상치 않은 뇌기에 자신들도 모르게 능사운을 응원했다.

"장주님! 그딴 검기 따위 날려 버려요!"

"지금이라도 검을 뽑아요!"

"조마조마해서 못 봐주겠네."

"…긴장감."

진심이든 빈말이든 그들의 응원에 능사운은 피식 웃으며 뒤로 일 보(一步) 물러났다.

푸른 뇌기가 그의 정수리까지 쏟아져 내리는 찰나 능사

운의 손에서 적색 기운이 뭉클뭉클 피어나 점점 커졌다.

이윽고 그것은 적색 그물이 되어 푸른 뇌기를 꽁꽁 에워쌌다.

푸른 뇌기 대 적색 그물의 대결.

금방이라도 그물을 찢을 것 같던 뇌기는 쉬이 찢어발기지 못했다.

남궁진상은 마지막 힘을 쥐어짜 검에 힘을 불어 넣었다.

'조금만 더……'

푸른 기운이 강해져 붉은 그물이 흔들렸다.

능사운의 이마 지척에서 남궁진상의 검은 닿을 듯 말 듯 애가 탔다.

지척에서 서로는 살피는데 남궁진상의 얼굴에서 혈색이 점점 사라지는 반면에 능사운의 얼굴에는 아직까지 여유가 넘치다 못해 웃음까지 피어 있었다.

'으으, 한 수만 더 있었어도……'

남궁진상은 입을 열고 말할 힘조차 없었다.

점점 힘이 빠졌다.

능사운은 시시한 표정으로 입맛을 다셨다.

"쩝, 이게 다야? 재미도 없고. 그만 끝내자."

적색 그물이 푸른 기운을 짓누르자 겨우 버티던 기운이 흔적도 없이 사그라지고 말았다.

펑!

이어서 가죽 포대 터지는 소리와 함께 남궁진상이 뒤로 튕겨져 날아가 버렸다.

능사운이 시큰둥한 얼굴로 비척거리며 일어서는 남궁진상 앞으로 걸어갔다.

"이거야 원. 재미있으려다가 말았네."

"노옴! 쿨럭!"

남궁진상은 겨우 검에 지탱해 부들부들 몸을 떨었다. 그의 꿈은 현실이 되지 못한 채 분하고 아쉬운 마음만을 남겼다.

그 앞에 선 능사운이 혀를 끌끌 차며 남궁진상의 유일한 버팀목인 검을 발로 걷어차 버렸다.

"쯧쯧, 이 솜털도 안 빠진 애송이가 아직도 주제 파악을 못 하네. 그러니까 다음부터 사람 봐가면서 검을 놀려라."

검은 곧 충격을 이기지 못한 채 부서졌고, 버팀목을 잃은 남궁진상은 그대로 맥없이 땅바닥으로 고꾸라졌다.

그가 얼굴을 처박은 바닥에서 붉은 피가 피어났다.

이를 본 청풍검대의 무사 몇이 도저히 참지 못한 채 검을 뽑고 능사운에게 달려들었다.

"감히 소가주를!"

"죽여주마!"

능사운이 발을 들어 진각을 굴렀다.

"에효, 무슨 놈의 파리 떼가 앵앵거려. 확!"

지축이 흔들리면서 땅거죽이 들썩였다. 순식간에 발을 디딜 곳이 울퉁불퉁 변하자 그들은 자신들도 모르게 주춤했다.

바람도 불지 않은데 그의 옷자락이 펄럭였다.

능사운은 이전과 확연히 다른 기세를 뿜어내며 차갑게 말했다.

"한 놈만 움직여 봐. 아주 이 새끼 대갈통을 깨부수어 줄 테니까."

"네, 네놈이! 감히 대남궁가의……."

그들이 분노가 섞인 목소리로 노호성을 내지르다가 능사운의 서릿발 같은 눈을 보고 채 말을 잇지 못했다.

"남궁가 그딴 거 개나 주라지."

第六章 하인이 된 남궁세가

"으음."

흐릿한 시선 너머로 익숙하지 않은 광경이 보였다.

그가 눈을 떴을 때 가장 먼저 보이는 건 허름한 천장이었고, 느껴지는 것이라고는 꺼칠꺼칠한 촉감의 침구류였다. 그의 귓가에 두런두런 이야기가 소리가 들려왔다.

"…여긴 어디지?"

그의 물음에 어딘가 차갑고 냉랭한 말이 날아왔다.

"어디긴 어디야? 하인들이 머무는 방이지."

"뭐, 하인?"

그 소리에 남궁진상은 순간 가슴이 찌릿하면서도 답답한 나머지 울컥 선혈이 목구멍 너머로 올라왔다.

'이럴 때가 아니다.'

몸을 일으키려고 하는데,

"…으윽."

입에서 새어 나온 신음을 시작으로 온몸이 비명을 내지르며 끔찍한 고통이 엄습해 왔다.

다시금 이전의 목소리가 들려왔다.

"그 몸으론 수저질도 못하니까. 좋은 말로 할 때, 얌전히 누워 있어."

그녀의 말처럼 몸을 움직이는 일이 결코 쉽지 않았다. 한결 자유로운 눈을 굴려 목소리가 나오는 쪽으로 시선을 돌렸다.

그곳에는 말자가 귀찮은 얼굴로 금색 침들을 가지런히 정리하고 있었다.

'저 계집은 또 누구지?'

남궁진상의 시선을 느꼈을까?

말자는 손으로 정리를 하는 한편 남궁진상에게 도끼눈을 떴다.

"뭘 봐? 밤새 간호를 해준 은혜도 모르고, 눈을 그 따위로 떠?"

"이 계집이 감히 남궁가의……."

"왜? 또 그 잘난 남궁가를 들먹이려고?"

"건방진… 큭!"

말자가 남궁진상의 이마를 손바닥으로 딱 때렸다.

그녀는 남궁진상을 한심한 눈초리로 쳐다보며 혀를 찼다.

"넌 남궁가가 아니면 팔 게 없냐?"

그 말을 끝으로 침 정리를 마친 그녀가 홀연히 방을 빠져나가 버렸다.

침상에 홀로 누운 남궁진상이 분한 표정을 지었다.

"으으, 이놈의 장원은 어떻게 된 게 남궁가를 개똥으로 아는 거냐?"

*   *   *

남궁진상은 사흘이 흘러서야 겨우 침상에서 몸을 털고 일어날 수가 있었다.

그가 그동안 하인들의 방에서 묵묵히 참고 버틸 수 있었던 한 가지 희망이라면, 자신을 따라온 서른세 명의 청풍검대가 이미 장원을 장악했을 것이란 기대였다.

하인들의 방을 빠져나와 홀로 장원 안을 걸어 다니는데,

저만치서 하인 하나가 걸어왔다.

그 하인은 장원 안에서 입이 가장 걸출하기로 유명한 장석대로 그가 남궁진상을 보자 비릿한 웃음을 한가득 머금고 이쪽으로 다가왔다.

"뭐야, 깼어? 언제까지 처나자빠져 있나 했네."

"으으, 하인 놈 주제에 뭐라고 했느냐?"

"쓰벌. 아직 귀는 다 낫지 않은 모양인가 보네. 특히 그 눈깔은 아직도 많이 아픈 모양이지?"

자신을 향해 반말을 찍찍 늘어놓는 장석대로 인해 남궁진상은 또 다시 화가 치밀어 올랐다.

"감히 대남궁가의……."

마음 같아서야 당장에 검을 뽑아 저 하인 놈을 일검에 베어버리고 싶었으나 그의 몸은 다분히 정상이 아니었다.

이를 아는 것인지 장석대가 험악한 인상을 쓰며 남궁진상의 얼굴 앞에 손을 치켜들었다.

"확! 눈뜬 소경을 만들어 불라니까. 몸이 병신이라 지금은 봐주지만, 다음부터 눈 그 따위로 뜨지 마라. 엉?"

"……."

천하의 남궁세가의 소가주라고는 하나 지금은 아무런 힘이 없다는 걸 깨달은 남궁진상은 분한 마음을 꾹꾹 눌러 담는 수밖에 없었다.

'이놈. 내 청풍검대만 찾는다면, 기필코 네놈의 사지를 찢어발겨 주마.'

장석대를 지나쳐 월동문 하나를 나왔다.

마침 기다렸다는 듯이 저쪽에서 처음에 문을 열어주었던 왕봉구가 남궁진상을 발견하고 피식피식 웃으면서 다가왔다.

"아이고, 공자. 괜찮습니까? 몸은 좀 어떠십니까?"

남궁진상이 적당히 인상을 쓰며 고개를 끄덕였다.

"그럭저럭."

남궁진상은 장석대와 너무나 다르게 자신에게 사근사근 거리며 걱정스러운 말을 건네는 왕봉구를 보며 내심 마음이 풀렸다.

'이놈은 좀 제대로 된 놈이로군. 아까 그 미친 하인 놈에 비하면.'

왕봉구는 친절한 얼굴로 남궁진상을 두둔했다.

"장주님께서 너무 무지막지하셨습니다. 그래도 그렇지, 어떻게 남궁세가를. 우리 장주님께서 뒷감당을 어떻게 하시려고 저러는지 참."

"고맙네. 내 자네의 진심을 잊지 않으이."

남궁진상은 상당히 흡족한 얼굴로 몸을 돌렸다. 일단은 청풍검대를 찾는 일이 급선무였다.

그가 막 몸을 돌렸을 때, 뒤에서 왕봉구가 다시 그를 불렀다.

"공자. 그런데 말입니다. 저번에 장주와 싸우실 때 펼친 무공이 섬전십삼검뢰가 맞습니까?"

"흠흠, 맞네. 제법 보는 눈은 있구먼."

왕봉구가 고개를 갸웃거리며 재차 물었다.

"정말 섬전십삼검뢰가 맞습니까?"

"그렇다고 하지 않았나. 왜 자꾸 묻지?"

"에이, 제가 아는 거랑은 다르게 너무 조잡해 보여서 착각한 줄 알고 그만……."

"무, 뭐야? 이놈이……."

남궁진상은 왕봉구의 말을 듣고 그만 가슴이 답답해지면서 울컥 피를 한 바가지 토해냈다.

"쿨럭, 쿨럭."

"부디 몸조리 잘하십시오."

왕봉구는 병 주고 약 주는 격으로 안부를 남기며 유유히 월동문 너머로 사라졌다.

가까스로 들끓는 기혈을 진정시킨 남궁진상은 천천히 심호흡을 했다.

'크으, 조심해야겠어. 이놈의 장원은 하인 놈들도 온통 미친놈들뿐이구나.'

남궁진상은 피를 쏟아서인지 현기증이 났다.

비틀비틀거리며 다시 걸음을 얼마나 옮겼을까?

이번엔 제법 덩치가 좋은 사내, 황덕칠이 이쪽으로 다가왔다.

"남궁공자, 괜찮소?"

"크으, 넌 또 누구냐?"

이미 두 번이나 화끈하게 데인 적이 있는 남궁진상은 황덕칠을 잔뜩 경계했다.

황덕칠은 특유의 호방함으로 웃으며 말했다.

"하하하, 날 모르겠소? 난 황보세가의 황보규원이오."

같은 무림팔대세가 중 하나인 황보세가의 사람이란 말에 남궁진상은 비로소 경계를 풀었다.

"아, 그렇소? 대충 들어본 것 같소만."

남궁진상의 말에 황덕칠의 얼굴에 웃음기가 현저하게 줄어들었다.

그래도 여전히 웃는 얼굴로 남궁진상에게 물었다.

"지금 어딜 가시는 길이오?"

"아, 지금 숙부님과 본가의 청풍검대를 찾으러 가는 길이오."

"그렇다면 장주님께 가셔야겠구먼."

남궁진상은 황덕칠의 말에 고개를 갸우뚱거렸다.

"그게 무슨 소리요?"

"아. 모르시오? 그 남궁가의 청풍검대는 벌써 사흘째, 장주님 앞에 무릎을 꿇고 대기 중이라오."

"무, 뭣이! 자, 장주가 무릎을 꿇은 게 아니라 청풍검대가?"

"쯧쯧, 충격이 큰가 보오. 아무튼 그들을 보려면 장주님이 계시는 저쪽 전각으로 가보시면 될 게요. 그럼 난 이만."

남궁진상은 또 다시 목구멍을 타고 올라오는 기혈을 억지로 삼켰다. 황덕칠이 가리켰던 전각을 보는 그의 눈이 세차게 흔들렸다.

'설마…….'

남궁진상은 자신도 모르게 주문을 외웠다.

'아닐 거야. 그래, 아닐 거야.'

황덕칠이 자신에게 거짓말을 했으리라.

그가 한 말을 도무지 믿을 수가 없었다. 그저 몸이 아직 정상이 아니라 잘못 들었을 것이라 수십 번 생각을 했다. 그리고 어느새, 전각의 앞까지 와 있었다.

남궁진상은 능사운의 집무실 문 앞에서 크게 심호흡을 했다.

"후우―"

그가 손을 뻗어 문을 열었다.

문이 천천히 열리며 그 안의 광경이 적나라하게 그의 눈으로 하나도 빠짐없이 들어왔다.

청풍검대 무사들 서른세 명이 질서정연하게 무릎을 꿇고 앉아 있고, 그 앞에는 대주인 남궁도도 마찬가지로 무릎을 꿇고 있었다.

남궁도는 문이 열리며 등장한 사람이 능사운이 아닌 남궁진상이라는 사실에 복잡한 표정을 지었다. 그리고 쥐가 난 다리를 휘청거리며 일어나 그의 상태를 걱정스레 물었다.

"소, 소가주. 몸은 좀 괜찮으시오?"

"소가주! 괜찮으십니까?"

이어서 청풍검대의 무사들 몇이 일어나 걱정스러운 표정을 지었다.

남궁진상은 지금의 광경에 말문이 막혔다.

자신을 걱정해 주는 그들의 물음에 답을 할 기분이 아니었다.

여러 가지 감정이 실린 그의 목소리가 떨렸다.

"지금 여기서 뭣들 하는 겁니까?"

"……."

청풍검대의 무사들이 고개를 숙였다.

남궁도가 이들을 대표해 가까스로 무거운 입을 열었다.

"소가주 대신에 청을 하고 있었소이다."

"무슨 청을요? 설마 그 개 같은 놈에게?"

남궁도는 콧김을 씩씩 뿜는 남궁진상을 보면서 길게 한숨을 내쉬며 말했다.

"휴우, 소가주를 하인으로 삼겠다는 조건을 거두어 달라고……"

"크윽."

남궁진상은 다른 의미로 가슴이 울컥했다. 얼굴이 뜨거워지면서 눈가가 촉촉해지며 그의 볼을 따라 눈물이 흘러내렸다.

"역시 저를 위해서… 그러신 겁니까?"

"아닙니다."

남궁도는 당황한 얼굴로 손을 흔들었다.

그러나 그 모든 것이 자신을 대신하여 무거운 짐을 짊어진 사람처럼 보여 남궁진상의 마음을 더욱 자극했다.

"크으으, 저로 인해 이런 고초를 겪으시다니."

"꼭 그런 것만은 아니라……"

남궁도가 부정을 하며 말끝을 흐리는데, 갑자기 콧방귀 끼는 소리가 들려와 산통을 깼다.

"흥! 놀고들 있네. 아주 가관이야."

어느새 능사운이 집무실로 들어와 있었다. 그는 멀뚱멀뚱 서 있는 남궁도와 청풍검대 무사 몇몇을 보고 대번에 인상을 찌푸렸다.

"너희 누가 마음대로 움직이래? 어? 이 새끼들 봐라, 너희 모두 3일씩 연장."

"으으으."

"아, 하아ㅡ"

그 말에 지금껏 순순히 무릎을 꿇고 있던 청풍검대의 무사들의 입에서 탄식이 새어 나왔다. 그들은 남궁도를 비롯하여 서 있는 청풍검대 무사들을 원망 섞인 눈초리로 살벌하게 노려보았다.

심지어 무사 하나는 짜증까지 낼 정도였으니.

"아, 진짜. 대주님ㅡ!"

능사운이 그들의 탄식과 원망 섞인 목소리에 왈칵 짜증이 치솟아 버럭 소리를 질렀다.

"조용! 입들 안 다물어? 하나같이 두들겨 패고 쫓아내려다가 봐주니까 이것들이 까불고 있어. 그냥 너희 한 5일씩 더 연장해 볼까?"

"……."

삽시간에 집무실 안에 정적이 감돌았다.

그 누구도 입을 열거나 뻥긋하는 자가 없었다.

유일하게 아직까지 이 상황이 납득이 가지 않는 남궁진상만이 분노한 얼굴로 능사운에게 삿대질을 했다.

"감히! 네놈이 나를 하인으로 삼는다고 하여 남궁가를 너무 무시하는 것이 아니냐?"

능사운이 남궁도를 보면서 물었다.

"뭐야? 너네끼리 얘기한 거 아니었어?"

남궁도는 능사운의 시선을 회피하면서 씁쓸한 표정을 짓고 있었다.

딱 봐도 이야기를 하지 않은 것 같다. 능사운은 아직도 분위기 파악을 하지 못한 채 버럭버럭 소리를 질러대는 남궁진상에게 한마디 했다.

"이놈들도 전부 다 하인이야."

"그게 무슨 개소리냐?"

"이놈은 여전히 답답하네. 그러니까 네놈이 꼴사납게 쓰러지고 난 뒤에 저놈들도 덤볐다가 모두 나한테 깨졌다는 말이야."

"크으, 그게……."

남궁진상이 뒤늦게 남궁도와 청풍검대를 번갈아 쳐다봤지만, 그들은 이미 고개를 숙인 채 그의 시선을 회피하고 있었다.

픽.

갑자기 뒤통수가 화끈해지면서 그가 균형을 잃고 철푸덕 쓰러졌다.

머리 위로 능사운의 사악한 목소리가 들려왔다.

"그러니까 이 종놈아, 까불지 말라고."

남궁진상은 점점 혼미해지는 의식 속에서 지금 이것이 지독한 악몽이길 빌었다.

'대체 이 장원의 정체가 뭐야? 이 괴물 같은 놈은 또 누구고?'

*　　　　*　　　　*

모처럼 천하장에 사람들이 많아 활기가 찼다.

그동안 능사운을 포함하여 겨우 여섯이 전부였는데, 남궁진상과 청풍검대 서른네 명이 하인이 되면서부터 장원 안이 북적였다.

새로 하인이 된 그들은 그동안 검만 잡았던 터라 가사에 서툴렀고, 실수를 하기 일쑤였다. 거기다가 기존 하인들과 새로운 하인들 사이에서 잦은 다툼이 생기기도 했다.

그럼에도 능사운이 그들이 내쫓지 않는 가장 큰 이유는 새로운 하인들이 전부 공짜라는 사실 때문이었다.

어떻게든 그들을 하인으로 부리기 위해 능사운은 특단의

조치를 내렸다.

기존의 하인들을 조장으로 임명하고, 새로 하인이 된 하인들을 각각 쪼개 다섯 개의 조를 나누어 일을 분담시켰다.

이 모든 일이 한나절만에 이루어졌다.

상황이 이렇다 보니 남궁가의 사람들은 이제 빼도 박도 못하고 하인 생활을 해야 할 처지였다.

능사운은 자신이 정한 하인 체계에 만족스러워하며 대청에서 여유롭게 차를 마시고 있었다.

그때, 남궁진상이 다른 사람들의 눈치를 살살 살피며 은밀히 능사운 옆으로 다가가 속삭였다.

"…할 말이 있… 습니다."

"그래, 어디 한번 해봐."

남궁진상은 막상 이야기를 하려고 하니 마당이 훤히 보였고, 사람들의 이목도 많이 몰려 있어 말을 꺼내기가 꺼려졌다.

"장소가 장소인데… 안에 들어가서 합시다."

"장소가 뭐?"

"보는 사람도 많고, 신경도 쓰여서……."

"거참. 넌 하인 놈 주제에 따지는 것도 많네."

"제가 어쩔 수 없이 장주의 하… 인이 되었지만, 그래도 명색이 남궁가의……."

능사운이 남궁진상의 말을 끊고 귀를 후벼팠다.

"아, 알았어. 그놈의 남궁가, 너무 많이 들어 아주 귀에 딱지가 다 생겼네."

곧 죽어도 남궁가라는 이름에 민감한 남궁진상이 또 다시 발끈했다.

"장주!"

"어휴, 어휴. 그래, 네가 장주해라. 그놈의 남궁가 타령. 자존심이 밥 먹여주냐? 뭐 하인 첫날이고 하니 특별히 그렇게 해주지."

능사운이 특별히 인심 썼다는 듯 엉덩이를 툭툭 털고 일어났다.

남궁진상은 조용히 이를 갈며 능사운을 따라 집무실로 들어갔다.

능사운이 탁자에 앉으면서 말했다.

"앉아."

남궁진상은 아무 생각 없이 의자에 앉으려고 하자 능사운이 의자를 발로 툭 걷어차 버렸다.

앉으라고 할 때는 언제고 그의 갑작스러운 행동에 남궁진상이 의아한 표정을 지었다.

능사운이 어림없다는 얼굴로 말했다.

"어디 하인 놈이 주인이랑 같은 자리에 앉아? 저기 바닥에 무릎 꿇고 앉아."

"끄응. 어떻게……."

"왜? 밖에서 쪽팔린다고 해서 특별히 안에 들여보내 주니까 이제 까부네? 더 맞을래?"

"아, 아닙니다."

남궁진상이 서슬 퍼런 능사운의 기세에 고개를 내저었다.

그리고 주저하면서 결국 바닥에 무릎을 꿇고 앉았다.

능사운은 찻잔에 차를 따르면서 말했다.

"어디 말해봐."

"…저를 놓아주십시오."

"오호, 그 말을 하려고 이렇게 분위기를 잡은 거야?"

"저를 놓아주신다면 남궁가에서 적절한 보상을 해줄 겁니다."

"정말? 내가 봤을 땐 말이야, 남궁가에서 이 일을 덮기 위해서 날 살인멸구하려 들 거 같은데?"

바보가 아닌 이상 그 정도 예측은 가능한 일이었다.

남궁진상은 능사운의 말에 내심 회심의 미소를 지었다.

'이놈, 겁이 나긴 나는 모양이구나. 이걸 이용하면 되겠군.'

그의 말은 이미 반평대로 바뀌어 있었다.

"저도 그 점이 걱정입니다. 그러니 이만 저를 놓아주시오."

"싫은데?"

"엥? 싫다니요?"

남궁진상은 이해할 수 없다는 표정을 지었다.

사실 그는 몇 가지 간과한 점이 있었다.

능사운이 이런 사실을 알고도 자신들을 하인으로 부렸을 때에는 무언가 대책이 있거나 남궁세가를 크게 겁내지 않는다는 점을.

능사운이 심드렁한 얼굴로 말했다.

"싫은 게 싫은 거지, 무슨 이유가 필요해?"

"장주. 잘 생각하셔야 됩니다. 목숨이 수십 개도 아니고, 그렇다고 두 개도 아니에요. 딱 하나란 말입니다!"

"나도 알아. 너도 하나잖아. 사람 누구나 하나지. 이놈이 당연한 걸 나한테 가르치려 드네? 건방지게."

태연한 그의 말에 속이 타는 쪽은 남궁진상이었다.

이상하게 목숨이 위급한 쪽은 한없이 여유로운 반면에 그가 마음이 초조했다.

"장주가 남궁가를 몰라도 너무 모르시는 겁니다. 남궁가는 정말 장난이 아니에요. 남궁가는 과거부터 무림팔대세가의 수장 격으로 저 마교도 한 수 접어주는 곳이오. 무림오존 중 일 인인 검존이 계시는 곳으로……."

그가 주절주절 남궁가와 위세에 대해 떠들자 능사운이 늘어지게 하품을 하며 말했다.

"나도 알아. 그래 봤자 팔대세가의 수장은 지금 공손가일 테고. 뭐 검존 정도는 충분히 대단하지."

"그런데도 감히 그러십니까?"

능사운은 눈앞에 이 뻔뻔한 하인 남궁진상을 물끄러미 쳐다봤다.

'참, 애비 새끼가 어떻게 가르쳤길래 이 모양 이 꼴인지. 쯧쯧.'

이대로 계속 영양가없는 이야길 듣고 싶은 마음은 추호도 없었다.

능사운이 딱 잘라 말했다.

"감히 그런다. 왜?"

"그때 가서 후회하셔도 모릅니다."

"에효, 후회는 개뿔. 너나 후회하지 말고 잘해서."

"정말 이러시기입니까?"

"뭘 또 이러시기야. 너나 이러지 말고 나가서 일이나 해. 귀찮다. 빨리 내 눈앞에서 사라져."

능사운의 축객령에 남궁진상이 실망한 얼굴로 일어났다. 그는 아직까지 자신의 말이 씨알도 먹히지 않았다는 사실이 답답했다.

그는 집무실을 나오며 결연한 표정을 지었다.

'내가 그래도 이 방법까지 쓰지 않으려고 했는데 어쩔 수 없군.'

*　　　*　　　*

"야!"

남궁진상이 집무실을 나오기 무섭게 그의 머리 뒤로 누군가를 부르는 소리가 들렸다. 처음엔 자신이 아니겠지 싶어 그냥 무시를 했다.

"야, 너!"

그러나 재차 귀청이 떠나가라 부르는 소리에 남궁진상은 살짝 몸을 돌려 자신을 부르는 장석대를 보며 고개를 갸우뚱거렸다.

"설마, 나?"

"그래, 너 임마."

"이런 건방진. 지금 본 공자에게 너라고 한 것이냐?"

"그럼 내가 공자라고 부를 줄 알았냐? 이 새끼가 아직도 주제 파악을 못 해요."

철저히 자신을 무시하는 장석대의 말에 남궁진상은 가득

이나 능사운으로 인해 답답했던 가슴이 치밀어 오르며 분
노가 끓었다.

"네놈이 감히 본 공자에게……."

"네놈이고 저놈이고 간에 시끄럽고. 넌 후원의 정원 좀
가서 깨끗이 쓸어라."

"네놈이 뭔데 명령을 하는 게냐? 내가 네놈의 말 따위를
들을 줄 아느냐?"

"나? 조장. 그러니까 까라면 까, 이 새끼야."

장석대가 남궁진상에게 빗자루를 휙 던졌다.

그의 앞에 떨어진 빗자루를 보고 남궁진상이 벌겋게 달
아오른 얼굴로 주먹을 움켜쥐었다.

"내 오늘 네놈을 가만두지 않겠다."

"오, 그러셔? 안 하겠다는 거지? 별 수 없네. 장주님을 뵈
러 가야지."

"이놈! 비겁하다."

"장주님~"

장석대가 전각 앞에서 능사운을 불렀다.

그러자 당장에라도 주먹을 휘두를 것 같던 남궁진상의
얼굴색이 변했다.

'으아, 두고 보자.'

남궁진상이 이를 갈며 빗자루를 집어 들었다.

"젠장. 쓸면 되잖아!"

"진작 그럴 것이지."

남궁진상은 승자처럼 의기양양한 장석대를 한 차례 노려
보고는 이내 후원으로 발걸음을 돌렸다.

후원에 처음 가보는 남궁진상은 가장 먼저 그 크기에 한
번 감탄을 했다. 커다란 연못과 정자, 그리고 길게 뻗은 가
교는 그가 입버릇처럼 말하는 자신의 집에 없는 구조물들
이었다.

가교를 따라 쭉 걸어오니, 한쪽에 정원이 자리를 잡고 있
었다.

장석대가 말한 곳이 이곳인 모양이었다.

그런데 정원에 있어야 할 꽃이나 나무는 온데간데없고,
말라비틀어진 잡초 더미나 잎사귀들이 지저분하게 널려 있
었다.

"이걸 다 나보고 치우라는 거야?"

얼핏 봐도 전각 두 개를 합쳐 놓은 크기의 정원에 널브러
져 있는 잎사귀며 잡초 더미를 일일이 쓸어담는 일은 결코
쉬워 보이지 않았다.

벌써부터 막막했다.

그래도 어쩌겠는가?

지금 당장에 시키는 대로 일을 하는 수밖에.

남궁진상이 이를 악물고 비질을 했다. 빗자루가 그의 손에서 가볍게 휘둘러졌다.

"이것보다 무거운 검도 휘두르는데, 이까짓 것 따위가 뭐 대수라고."

그러나 빗자루를 휘둘러도 내용물들을 쓸기가 쉽지가 않았고, 번번이 지나치기 일쑤였다.

하여 몇 번을 쓸어도, 다시 쓸기를 반복해도 좀처럼 정원의 잎사귀가 줄어들지 않았다.

그가 한참 빗자루를 가지고 끙끙거릴 때였다.

변소를 푸는 방법을 친절히 알려주고 오던 왕봉구가 생선가게를 그냥 지나치지 못하는 고양이처럼 쪼르르 이쪽으로 다가왔다.

"아이고, 뒷마당 쓸러 오셨습니까?"

남궁진상은 그를 쳐다보지도 않고 건성으로 대답했다. 앞에 당한 일이 있어 그를 철저히 무시하기로 했다.

"보다시피."

왕봉구는 자신을 무시하는 남궁진상을 비꼬면서 그의 복장을 박박 긁었다.

"무엇이든 최고인 남궁가의 공자시니, 분명 빗자루질도 잘하시겠죠? 검술 실력이 뛰어나시니 이까짓 비질이야 그냥 누워서 떡 먹기 아닙니까?"

"으으. 지금 날 놀리는 게냐?"

"에이, 놀리다니요. 저는 믿습니다. 틀림없이 먼지 한 톨도 없이 깨끗이 청소를 하실 것을요. 그럼 전 이만."

멀어져 가는 왕봉구의 등을 보면서 남궁진상은 빗자루로 애꿎은 땅에 화풀이를 했다.

"크으, 언제까지 그렇게 혓바닥을 놀릴 수 있는지 두고 보겠다."

방해꾼이 사라지고, 남궁진상은 다시 빗자루질을 하느라 여념이 없었다.

그가 우습게 알던 빗자루질은 검을 휘두르는 것과는 다른 어려움과 고통이 뒤따랐다.

남궁진상은 허리를 피며 손으로 등을 두드렸다.

"아고고, 허리야. 이놈의 것을 언제 다 쓸어?"

팔다리가 온통 쑤셨다. 아직 제대로 회복이 되지 않았는지 몸이 축 늘어지는 것만 같았다.

남궁진상은 목을 돌리며 숨을 고르다가 정자 쪽으로 걸어가는 황덕칠을 발견하고 눈을 반짝였다.

그가 황덕칠을 불렀다.

"어이, 황보 형."

목소리가 잘 들리지 않는지 황덕칠은 반응이 없었다. 하는 수 없이 남궁진상은 재차 황덕칠을 불렀다. 물론 이번엔 이전보다 목소리에 힘을 실었다.

"황보 형!"

이제야 들었는지 황덕칠이 몸을 돌려 이쪽으로 다가오며 물었다.

"응? 왜 부르셨소?"

"바쁘시오?"

"보면 모르오? 내가 지금 어디 좀 가고 있소."

퉁명스러운 황덕칠의 말에 남궁진상이 은근한 얼굴로 말했다.

"흠흠, 그래서 바쁘시오?"

"왜 그러시오?"

"내가 한 번도 정원 같은 곳을 쓸어본 적이 없어서 말인데……."

황덕칠이 눈을 가늘게 뜨며 말했다.

"그래서요? 나보고 쓸어달라고요?"

남궁진상은 대놓고 그렇다 할 수 없어 딴청을 하며 괜히 헛기침을 했다.

"어흠."

'곰 같은 놈아, 이쯤 되면 알아서 넘어와야지.'

황덕칠이 어처구니없다는 듯이 콧김을 내뱉었다. 그리고 관자놀이 쪽에 검지를 가져가서는 뱅글뱅글 돌렸다.

"아니, 이 양반이 장주님께 하도 얻어맞아 정신이 오락가락하나?"

"지금 사람을 어떻게 보고······!"

"어떻게 보기는, 하인으로 보지. 네가 아직까지도 남궁가의 공자냐? 넌 그냥 하인이야. 거기다가 내가 너보다 더 높거든?"

"이, 이러기야?"

"이러기다. 안 쓸어봤으면 지금이라도 열심히 쓸어보면 되겠네. 아주 밥도 떠먹여 달라고 그러지? 이봐, 인생은 실전이라고."

황덕칠은 누런 가래침을 퉤 뱉고는 이내 가교를 건너 사라지고 말았다.

그나마 믿었던 같은 팔대세가의 일원에게 이토록 철저히 무시를 당하자 남궁진상은 허탈하면서도 한편으로 더 큰 분노가 치밀어 올랐다.

"끄으으. 참자, 참아. 조만간 아버님께서 오실 거다. 그때까지 참아야 해. 아버님이 오시면··· 남궁가의 주력부대가 오면··· 네놈들은, 네놈들은······!"

남궁진상은 분노를 기운 삼아 땅바닥을 미친 듯이 쓸고

또 쓸었다.

그에겐 요령 따윈 필요가 없었다.

팔이 끊어질 것 같이 아파도 오기로 조만간 찾아올 그의 아버지를 생각하며 흙까지 모조리 쓸어내렸다.

그렇게 얼마나 쓸었을까?

저만치 정자에서 이 모든 일의 원흉인 능사운이 나타났다.

"어어, 남궁진상이. 정원은 다 쓸었어?"

남궁진상이 건성으로 고개를 끄덕였다.

그의 얼굴은 흙먼지와 땀범벅으로 잔뜩 뒤집어썼다. 몰골만 봐서는 장원 전체를 혼자 쓴 것처럼 보였다.

능사운이 대충 주위를 살펴보더니, 이내 한마디를 툭 남기고 사라졌다.

"그럼 가서 밥 먹어라."

*　　　*　　　*

남궁진상은 아침부터 여러 가지 수모와 고초를 겪으며 일을 했더니 허기가 졌다.

그간 침상에 누워 있어 제대로 된 밥을 먹지 못해 내심 밥을 먹으라는 소리가 그렇게 반가울 수가 없었다.

다른 하인들과 말을 섞기 싫었으나 순전히 밥을 먹기 위해 식당을 묻고 물어서 가까스로 식당에 도착할 수 있었다.

어찌된 일인지 그들이 순순히 식당에 대해 말해주는 것이 수상했다. 게다가 식당의 위치를 알려주면서 비릿하게 웃던 그들의 미소가 내심 찜찜했으나 배고픔 앞에서 그런 걸 신경 쓸 여유가 없었다.

식당 안에는 이미 한참 전에 식사가 끝났는지 사람들이 보이지가 않았다.

남궁진상은 식기를 치우는 말자를 향해 외쳤다.

"밥 주시오."

말자는 식당 안에 들어온 사람이 남궁진상임을 알고 가볍게 무시를 하다가, 밥을 달라는 그의 말에 어처구니가 없단 얼굴로 되물었다.

"뭐?"

"밥을 달라고 하지 않소."

"너, 내가 준 밥을 먹겠다고?"

남궁진상이 살짝 기분이 상한 얼굴로 물었다.

"왜? 여기서 밥을 먹으면 안 되기라도 하오? 어쨌든 난 이 장원의 하인이라오. 물론 당분간만이지만."

말자의 눈이 가늘어 졌다.

"흐음. 다른 애들한테 아무 말도 못 들었어?"

"뭐 듣고 말 것도 없소이다. 여기 있는 하인 놈들은 죄다 이상한 놈들뿐이잖소."

말자도 그 말에 크게 부정하지 않았다.

그녀가 지금 이렇게 망설이는 데는 앞서 식사를 했던 청풍검대의 무사들 때문이었다.

'그놈들처럼 울고불고 징징거리는 꼬라지를 보기 싫은데.'

남궁진상이 배가 고파 탁자를 두드리며 소리쳤다.

"아, 밥 안 줄 거요? 거참. 밥 한 끼 먹기가 뭐 이리 번거롭소."

"정말 먹고 싶어?"

"한 번만 더 물으면 화를 내겠소. 그 장주 놈도 밥을 먹으라고 하는데, 일개 하녀 따위가……."

"좋아, 닥치고 기다려."

'후회하지 마.'

말자는 능사운이 밥을 먹으라고 했다는 그의 말에 일말의 망설임도 싹 사라졌다.

그녀가 성큼성큼 부엌으로 들어갔다.

잠시 후, 그녀의 손에 호화로운 음식들이 하나둘 나오더니 상 위에 순식간에 진수성찬(珍羞盛饌)이 차려졌다.

세가에서 먹어보지 못한 음식을 발견하고 남궁진상은 이

곳에 와서 처음으로 흡족한 표정을 지었다.

'카햐! 그래도 내가 남궁가의 사람이란 걸 알고, 신경 좀 썼구나.'

남궁진상은 젓가락을 놀려 음식 맛을 봤다.

보기 좋은 음식이 맛도 좋다고, 그의 입맛에 딱 맞을 정도로 그 맛이 일품이었다.

그가 만족스러운 얼굴로 말자에게 물었다.

"아주 맛있군. 당신 이름이 뭐요?"

"왜? 알아서 뭐하게?"

"하하, 내 이 음식을 먹고 그동안 쌓였던 화가 조금이나마 풀리는 기분이오. 하여 내 작은 보답을 할까 하고."

말자가 심드렁한 얼굴로 별 기대 없이 물었다.

"무슨 보답?"

"그게……."

남궁진상은 갑자기 말문이 막혔다. 아직 자신의 편인지도 모르는 낯선 그녀에게 차마 대놓고 말을 꺼낼 수가 없었다.

뭐라고 할지 몰라 일단 음식을 입에 잔뜩 밀어 넣고는 생각에 빠졌다.

'조만간 남궁가의 정예가 와서 이곳을 싹 쓸어버릴 거라고 말할 수도 없고, 뭐라고 말하지?'

그 사이 입안의 음식물을 모두 삼켰다.

말자가 자신의 얼굴을 빤히 쳐다보자 남궁진상은 그냥 대충 얼버무리고 말았다.

"아, 그냥 내가 도울 만한 일이 없겠소?"

"네가 뭔데 날 도와줘?"

"흠흠, 당신이 아직 몰라서 그러나 본데, 남궁가로 말할 것 같으면 예로부터 팔대세가의 수장 격인 가문으로 그 뛰어난 검술은 말할 것도 없으며 당대 무림오존 중의 일 인인……."

"말자. 제발 닥치고 음식이나 먹어."

"오, 말자. 내 까칠한 그대의 이름을 기억하겠소."

남궁진상은 말자가 사납고 말이 거칠지만, 그간 자신을 간호해 주고 이렇게 맛있는 음식을 차려주었다는 사실에 내심 크게 감동해 있었다.

상당히 배가 고팠던 터라 남궁진상은 음식들을 하나도 남김없이 비웠다.

포만감에 취한 그가 만족스럽게 식당을 나갔다.

그리고 몇 시진 후.

창고에서 그릇을 닦고 있던 남궁진상은 뱃속에서 기묘한 신호를 느꼈다.

부글부글.

"오랜만에 밥을 먹어서 그런가?"

그냥 대수롭지 않게 변소에 다녀왔다.

다시 몇 시진 후.

장석대를 따라 초대장을 적고 있다가 배가 답답하고 아
랫배가 살살 아파오는 것을 느꼈다.

"응? 너무 많이 먹었나?"

다시 한 번 변소에 가서 용변을 보자 그나마 속이 좀 시
원해짐을 느꼈다.

그 뒤로 남궁진상은 뱃속에서 이상한 신호가 올 때마다
변소를 들락날락거렸다.

그날 밤.

남궁진상은 고된 하루 일과를 마치고 침상에 누워 잠을
청했다.

'검술 수련을 할 때도 이렇게 피곤하지 않았거늘.'

그는 침상에 머리를 갖다대자마자 깊은 수면의 세계에
빠졌다.

드르렁.

낮게 코까지 골며 그는 꿈을 꾸었다.

꿈속에서 광활한 평원 위로 웅장한 장원이 보였다.

장원의 이름은 남궁세가.

단연 무림의 최고세력이라고 불리는 이곳은 검을 든 무인들의 성지(聖地)와 같은 곳이었다.

남궁세가 앞 남궁진상은 멋들어지게 팔짱을 끼고, 위풍당당히 서 있었다.

그의 뒤로는 형형한 안광을 내뿜고 있는 무인들이 경외감 어린 눈으로 그의 등을 쫓고 있었다.

남궁진상이 성큼 앞으로 걸음을 내딛었다.

그를 따라 많은 사람들이 움직였고, 마치 그를 영접하듯 남궁세가의 거대한 문이 천천히 열리기 시작했다. 그리고 문틈 사이로 누군가 보였다.

조롱 어린 시선으로 자신을 비웃고 있는 사내.

그는 다름 아닌 능사운이었다.

"어, 어떻게 네놈이……?"

자신감 가득했던 남궁진상의 얼굴이 일그러졌다.

당황한 그가 놀라 말을 더듬거리는데, 능사운은 콧방귀를 끼며 자신에게 조소를 날렸다.

"흥! 네놈 따위가 이곳에 올 자격이나 된다고 생각하느냐? 크크, 네놈 주제를 알거라!"

"아, 아니야."

그의 옷깃 하나 건드리지 못했던 남궁진상의 얼굴이 처

참하게 변했다.

자신을 비웃는 능사운의 말을 부정할 수 없었다.

그 순간 웅장했던 남궁세가가 요란한 지축음과 함께 무너져 내렸다.

"안 돼!"

남궁세가가 무너지고, 그의 등 뒤로 든든하게 서 있던 군웅들이 싸늘하게 등을 돌렸다. 그들은 연기처럼 하나둘 사라져 버렸다.

"안 돼!"

자신의 옆에서 자신을 애정 어린 눈으로 봤던 정인의 눈이 표독스럽게 변해 있었다. 이미 그녀의 옆에는 자신이 아닌 다른 사내가 서 있었다.

"안 돼!"

자신을 대견하게 바라보던 검존 남궁백상의 냉담한 얼굴과 그의 아버지인 남궁무진의 실망스러운 눈초리가 그의 가슴을 후벼팠다.

주변이 온통 검게 변했다. 시커먼 어둠이 그의 온몸을 잔인하게 난도질했고, 그는 고통에 비명을 내질렀다.

"안 돼에에에―!"

비명을 토해내며, 어둠이 걷혔다.

흐릿하게나마 주변이 보였고, 익숙한 방의 천장이 그를

반겼다.

"헉, 헉!"

거칠게 숨을 토해내는 남궁진상은 이미 식은땀으로 온몸을 흠뻑 적시고 있었다.

전신에 힘이 쭉 빠진 느낌이었다.

"악몽인가……."

천장을 보고 있자니 방금 것이 지독한 악몽이란 사실을 깨달았지만, 안도감이 들지 않았다. 대신에 가슴 한구석이 시렸다. 그리고 땀에 젖었는지 그가 깔고 있는 침상 밑이 축축해졌음을 깨달았다.

지독한 악취가 났다.

"킁킁, 이건 무슨 냄새야?"

쨱쨱―

새 지저귀는 소리를 보니 분명히 아침이었다.

남궁진상은 흠뻑 젖은 얼굴로 침상을 젖히고 일어나려는데 누군가 칼로 쑤신 것처럼 배가 욱신거렸고 하체에 힘이 없었다.

힘겹게 침상보를 걷고 간신히 일어났다. 무심결에 침상을 살피다가 그는 경악을 하고 말았다.

"끄아아아!"

침상보 위에 검붉은 피똥이 뒤엉켜 있었다.

남궁진상은 눈앞에 벌어진 끔찍한 상황을 대충 정리를 했다. 그리고 씻는 둥 마는 둥 식당으로 부리나케 달려갔다.

도중에 배가 아파 배를 부여잡은 채 식당 문을 벌컥 열어젖혔다.

부엌에서는 한참 아침을 준비하는지 김이 모락모락 피어났고, 이따금 그의 코를 자극하는 맛있는 냄새가 났다.

그러나 이미 배가 부글부글거리고 속이 좋지 않아 감흥이 없었다. 오로지 자신을 이렇게 만든 원흉인 말자를 찾느라 혈안이 되어 있었다.

남궁진상이 말자를 크게 불렀다.

"말자—!"

"왜? 아침부터 귀찮게."

부엌에서 요리를 하던 말자가 귀찮은 기색이 역력한 얼굴로 고개를 내밀었다.

남궁진상은 말자를 보자 으르릉거렸다.

"크으, 내게 무슨 짓을 한 거냐?"

"밥 달라며. 그래서 밥 줬잖아."

"대체 밥에 무엇을 탄 것이냐?"

"조미료 좀 넣은 것 가지고 엄살은."

"엄살? 감히 독으로 본 공자를 죽이려고 했으면서 지금 시치미를 떼는 것이냐!"

말자는 기가 찬 얼굴로 비웃었다.

"흥. 내가 널 죽여? 이 멍충아. 장주님은 너보다 더 심한 조미료를 뿌려도 불평없이 잘만 드시거든? 그러니까 내가 밥 먹을 거냐고 몇 번 물었잖아. 으휴, 저런 미련한 놈은 또 처음이네."

남궁진상은 그 말을 도저히 믿지 않았다.

"거짓말! 장주나 하인 놈들이 단체로… 끄으으. 본 공자와 무슨 원한이 있다고 이러는 것이냐? 바른 대로 고해라!"

"아주 육갑을 해라. 나 바쁘다. 좋은 말로 할 때 그냥 가라."

"본 공자는 남궁가의 소가주로, 지금 나를 독살하려는 시도는 남궁가와 적을……."

말자는 더 이상 참지 못하고 들고 있던 식칼을 던져 버렸다.

턱.

둔탁한 소리와 함께 식칼이 남궁진상의 머리카락 몇 개를 잘라내고는 뒤의 기둥에 꽂혔다. 자칫했다간 식칼은 기둥이 아니라 남궁진상의 미간에 꽂힐 정도로 아슬아슬했다.

"야, 이 새끼야! 그놈의 남궁세가 이야기 좀 그만해라. 넌 할 줄 아는 말이 고작 그거뿐이냐?"

"으으······."

"뭘 노려봐? 확 요리 재료로 쓰기 전에 꺼져."

"두고··· 보자."

"빨리 안 꺼져?"

말자의 서슬 퍼런 기세에 남궁진상은 몸을 부들부들 떨다가 이내 식당을 도망치듯이 빠져나가 버렸다.

그가 식당 앞에서 한차례 이를 갈았다.

"반드시 복수해 주마!"

이제 이곳에서 아무도 믿을 만한 사람이 없다는 사실을 다시 한 번 실감했다.

남궁진상은 그나마 지금 이곳에서 자신에게 도움을 줄 수 있을 만한 사람인 그의 숙부 남궁도를 찾아가기로 했다.

능사운과 하인들의 눈을 피해 조심히 남궁도를 찾으러 움직이다가 그의 눈에 얼핏 청풍검대의 무사들이 보였다.

불과 얼마 전까지만 해도 남궁가의 자랑으로 불리며 검술을 연마하느라 구슬땀을 흘리던 청풍검대의 무사들이 검이 아닌 빗자루와 걸레를 들고 청소를 하느라 분주한 모습을 보니 가슴이 미어져 왔다.

'조금만, 부디 조금만 더 이 치욕을 참아라. 곧 아버님이

오실 것이다.'

그들을 지나쳐 가까스로 창고 근처에 있는 남궁도를 발견하고 그에게 후다닥 뛰어갔다.

"숙부님—!"

남궁도는 한 손으로 배를 문지르다가 남궁진상을 보고는 처음에 장원에 왔을 때처럼 허리를 꼿꼿이 편 채 그를 맞았다.

"소가주, 오셨소?"

"어째 안색이 좋지 않으십니다?"

남궁진상은 바로 앞에서 남궁도를 보니, 그간 며칠 사이에 부쩍 야윈 그의 얼굴이 하얗게 떠 있는 것 같기도 했고, 안색이 파리한 것이 창백해 보이기도 했다.

남궁도는 애써 태연한 신색을 유지했으나 말을 하는 그의 목소리가 살짝 떨렸다.

"별거 아닙니다. 그게, 이 장원에서 나오는 밥을 먹고⋯⋯."

그의 말에 남궁진상이 깜짝 놀라 외쳤다.

"설마 숙부님도 드신 겁니까?"

"그럼 소가주도?"

"이놈의 장원이 여러 가지로⋯⋯."

막 불만 섞인 이야기를 하려는데, 갑자기 배에서 거센 신호가 왔다.

"그러게 말입니다. 무슨 놈의 밥이……."

남궁도 역시 또 다시 느껴지는 배의 신호에 입을 다물었다.

그들은 꿀 먹은 벙어리처럼 입을 다물고, 오로지 열 걸음 앞에 놓여 있는 변소에 시선이 나란히 쏠렸다.

"잠시, 뒷간에……."

"저도……."

그 둘은 누가 먼저랄 것도 없이 발을 뗐다.

둘 다 달리지는 못하고, 변소를 향해 거북이처럼 엉금엉금 기다시피 천천히 움직였다.

허공에서 둘의 시선이 복잡하게 뒤엉켰다.

"소가주, 제가 먼저……."

"수, 숙부님. 저, 저부터……."

"장유유서."

"다, 다음 대 가주인 제가……."

"으, 과, 괄약근이 열리는……."

"크으, 전 이미 반쯤 나온 것 같습니다."

그러는 사이 그동안 있는 듯 없는 듯 조용하던 고말복이 홀연히 나타나 둘이 애타게 바라던 변소의 문을 열고 먼저 들어가 버렸다.

남궁진상과 남궁도는 누구나 할 것 없이 외마디 비명을 내질렀다.

"안 돼—!"

"멈춰—!"

이윽고 비명 뒤에 변소에서 들려오는 소리.

푸드득.

그게 시발점이 되었을까?

변소를 바로 코앞에 둔 두 사람은 망연자실하게 서서는 어딘가 쓸쓸하면서도 해탈한 표정을 짓고 있었다.

남궁진상은 흐느끼듯이 작은 목소리로 중얼거렸다.

"이건 아니야, 아니라고."

아무리 부정을 해봐도 지금 그들의 현실은 말 그대로 변소간이 된 심정이리라.

＊　　　＊　　　＊

천하장에서 남궁진상을 비롯해 청풍검대의 무사들이 하인으로 개고생을 하고 있을 무렵.

그와 반대로 그들이 없는 남궁세가는 평상시와 다를 것 없이 평화롭기만 했다.

남궁가의 가주 남궁무진은 세가 안의 대소사를 총관인

남궁휘에게 보고를 받다가 문득 남궁진상이 떠올랐다. 벌써 며칠이 지났음에도 아무런 소식이 들려오지 않고 있어 남궁휘에게 지나가는 말로 물었다.

"진상이에게는 아무런 소식이 없는가?"

"며칠 동안 연락이 되지 않아 본가의 무사 몇을 따로 보냈습니다. 그리고 오늘에서야 서신이 도착했습니다."

"이리 줘보게."

남궁무진은 서신을 펼쳐서 읽어내려 갔다.

서신을 굳이 보지 않아도 대충 짐작이 되는 내용이라 건성으로 읽었다.

"당연히 그놈을 질질 끌고…… 잠깐, 뭣이라?"

서신에는 그가 예상한 내용과는 반대되는 정말 기가 막힌 내용이 적혀 있었다.

"하인? 청풍검대가? 장주 놈이 뭐가 어쩌고 어째?"

쾅.

남궁무진이 탁자를 주먹으로 내려쳤다.

그가 진노한 얼굴로 서신을 검은 재로 만들어 버렸다.

"도대체 이게 무슨 개소리란 말인가?"

"그게 저도 잘은……."

"어떻게 아는 것이 하나도 없어!"

남궁휘 역시 보냈던 무사들이 돌아오지 않았던 터라 자

세한 상황을 알 수가 없었다.

하나 눈앞에 성정이 불같은 남궁무진의 화를 달래려면 무언가 말을 해야만 했다.

"혹시, 소가주께서 어떤 음모에 빠지신 거 아닙니까? 저희 남궁가를 노리고……."

"흐음……."

확실히 남궁휘의 말은 그럴 듯했다.

그렇지 않고서야 남궁세가의 소가주와 청풍검대가 움직였음에도 이런 결과가 나올 수가 없었다.

남궁무진이 조금 화를 누그러뜨리며 말했다.

"어떤 놈들인지 몰라도 우리 남궁가를 건드렸다면, 그에 상응하는 대가를 치르게 될 것이야."

그때, 문이 열리며 제왕검대(帝王劍隊)의 무사 하나가 황급히 집무실 안으로 들어왔다.

그가 부복하면서 다급하게 외쳤다.

"가주님! 큰일 났습니다."

남궁휘는 그 무사의 정체가 누군지 단번에 알 수 있었다.

"너는 소가주의 소식을 알아보라던 진충이 아니더냐?"

남궁무진이 딱딱하게 굳은 얼굴로 물었다.

"그래, 무슨 일이냐?"

"그, 그게 소가주께서 그 장원에 붙잡혀 하인 노릇을 하고 있습니다. 거기다가 창풍검대 역시 같은 신세입니다."

"대체 그게 무슨 말이냐? 어찌하여 장주 놈을 끌고 오기 위해 갔던 그들이 그곳에서 하인이 되었다는 것이냐?"

"장원 안의 사정까지는… 저도 모르겠습니다. 소가주와 청풍검대가 잡혀 있는 입장이라 섣불리 움직이지 못했나이다."

남궁무진은 침음성을 흘렸다.

"흐음……."

이전에 열화와 같았던 분노는 얼음장처럼 차갑게 변한 지 오래였다.

하나의 가문을 이끌고 있는 수장으로서, 또 아비로서 지금의 사태에 대해 현명하게 대응을 할 필요가 있었다.

남궁무진이 심각한 표정의 남궁휘를 불렀다.

"총관."

"예, 가주."

"장원에 우리가 모르는 음모가 깔려 있는 것 같네. 아무래도 우리 남궁가를 노리는 무언가가 있어."

남궁휘가 걱정스러운 어조로 물었다.

"하면… 맹에 이 사실을 알릴까요?"

"아닐세. 우리는 대남궁가야. 우리의 일은 우리가 마무리 짓도록 하세."

"알겠습니다."

"저들이 어떤 수를 숨길지 모른다. 세가의 제왕검대를 비롯해 정예들을 준비시키도록."

"존명!"

진충이 부복을 하고 밖으로 나갔다.

남궁휘는 은밀히 세가 내의 경계 태세를 강화시키고, 정예부대를 소집했다.

그로부터 하루 뒤.

남궁가의 뒷문으로 일단의 무사를 대동한 남궁가의 가주 남궁무진이 이번엔 직접 악양으로 말고삐를 잡았다.

第七章 그놈의 남궁세가

능사운은 점심을 먹은 뒤에 한가로이 전각 지붕 위에 누워 구름 한 점 없는 하늘을 올려다보고 있었다.

요즘 들어 부쩍 지붕 위에 올라오는 일이 많았다.

남궁가의 무인들이 장원 하인이 되고부터 하루도 조용할 날이 없었다. 마치 처음 하인을 뽑았던 그때보다 더 하면 더 했지 덜 하지 않았다.

조용히 사색에 잠겨 있던 그의 눈에 저만치 나무 위에서 까치가 '깍깍' 울고 있는 게 보였다.

"저놈의 새가 왜 이리 울어대는 거야?"

능사운이 검지를 퉁 튕겼다. 그러자 까치가 앉아 있는 나뭇가지가 깨끗하게 절단이 되어 까치가 이내 새로 쉴 곳을 찾아 날아가 버렸다.

능사운은 다시 팔베개를 하며 중얼거렸다.

"오늘도 또 불청객이 오려나?"

그때, 저 아래서 '쾅' 소리가 들렸다.

보나마나 또 한바탕 하는가 싶어 그냥 무시를 하려는데, 이어서 사자후에 가까운 일갈이 그의 귓청을 사납게 때렸다.

"이― 놈!"

능사운이 몸을 반쯤 일으켜 세웠다.

전각 아래 장원 안이 훤히 내려다 보였다.

저만치 장원의 육중한 문이 박살 나 있고, 그 앞으로 중년인이 성난 얼굴로 서 있었다.

능사운이 지붕 아래로 폴짝 뛰어내렸다.

이어서 바람을 타고 그의 푸념 어린 말이 두둥실 하늘 위로 떠올랐다.

"에효, 호랑이도 제 말 하면 온다더니. 오늘도 귀찮게 되었네."

*   *   *

남궁무진은 일장에 장원의 문을 부수고 당당히 장원 안으로 들어왔다. 그의 뒤에는 제왕검대 무사를 포함한 오십이나 되는 무사가 형형한 안광을 뿜어내고 있었다.

마치 성난 맹수처럼 주위를 둘러보는 그들의 눈에서 살기가 넘실거렸다.

그들 앞에서 남궁무진이 사납게 으르렁거렸다.

"이놈—! 감히 남궁가의 사람을 하인으로 삼다니, 가만두지 않겠다."

이 소란스러움에 장원 안에 있던 하인들과 본래 청풍검대의 무사들이 하나둘 장원 입구로 모여들었다. 급기야 월동문 너머로 남궁진상이 그의 아버지인 남궁무진을 보자마자 후다닥 달려갔다.

그는 이제껏 쌓인 서러움이 한껏 폭발하면서 흘러내리는 눈물을 참지 못했다.

"아버님—!"

남궁무진은 저만치서 흙투성이인 아들이 울면서 달려오는 모습에 눈살을 찌푸렸다.

남궁가 부자의 상봉은 상당히 초라했다.

남궁진상을 보며 남궁무진이 진노한 얼굴로 물었다.

"이게 대체 어떻게 된 일이냐?"

그러나 남궁진상은 이제야 자신이 그토록 원하던 남궁가의 가주와 주력 부대가 왔다는 사실에 오랜만에 응석을 부리느라 바빴다.

"아버님! 왜 이제야 오셨습니까? 제가 얼마나 힘들었는지 말을 하면……."

"갈! 시끄럽다."

다 큰 아들의 징징거리는 소리에 남궁무진은 화가 더욱 치밀어 올랐다. 이런 꼴사나운 모습을 보이는 것 자체에 그의 자존심이 상했다.

남궁무진은 남궁진상 옆에서 조용히 시립해 있는 남궁도를 불렀다.

"청풍검대주. 이게 지금 무슨 꼴이냐?"

"저, 그게 청소를 하다 보면……."

"으휴, 누가 그딴 걸 물어봤냐? 지금 이 녀석이나 너나 그 꼬락서니가 뭐냐고!"

남궁무진은 정말 복장이 터질 것 같았다.

하다못해 남궁진상은 어리다고 쳐도 남궁도의 상태 역시 썩 좋아 보이지 않았다.

남궁도는 그간 있었던 일을 주저리주저리 늘어놓았다.

"소가주께서 아쉽게 승부에서 패하고 마셨습니다. 하여 소가주 홀로 종복이 되신다는 걸 부득불 저희가 우겨서 저

희도 하인 생활을 하고 있었습니다. 이 하인 생활이란 것이
참……."

남궁무진이 언짢은 얼굴로 남궁도를 질책했다.

"갈! 누가 그딴 게 궁금하다는 것이냐? 그 장주 놈을 잡아
오랬더니, 아주 잘들 하는 짓이구나."

"면목없습니다."

장원은 남궁가의 새로 등장한 무사들로 인해 상당히 시
끌벅적했다. 더욱이 하인이 되었던 청풍검대의 무사들도
합류하면서 상당히 소란스러웠다.

그때, 장내에 있는 모든 사람들의 귓가로 중저음의 목소
리가 들려왔다.

"이게 무슨 소란이냐?"

능사운이 지금의 상황과 전혀 무관한 사람처럼 태연히
월동문을 지나 걸어나왔다.

모두의 이목이 능사운에게 집중되었다.

특히 남궁무진은 열화와 같은 눈으로 능사운을 태워 버
릴 것처럼 노려보았다.

능사운의 등장으로 남궁가의 무리에 섞여 있던 서른세
명의 청풍검대 무사가 넙죽 능사운에게 인사를 했다.

"장주님, 어서 오십시오."

"어서 오십…… 흡!"

게다가 남궁도와 남궁무진 또한 반사적으로 인사를 하다가 그만 남궁무진에게서 뿜어져 나오는 살기에 움찔 놀랐다.

남궁무진은 능사운이 아직 새파랗게 어리다는 사실에 한번 놀랐고, 다른 한편으로 세가의 무사들이 가주인 자신이 아닌 능사운에게 인사를 하는 이 광경이 너무 어처구니가 없었다.

어쨌든 이건 그에게 있어 모욕에 가까운 일이었다.

남궁무진이 능사운을 노려보며 일갈을 터뜨렸다.

"이— 놈!"

능사운은 눈살을 찌푸리며 귀를 후비적거렸다.

"버젓이 주인이 있는 남의 집에 와서 이 무슨 행패요? 가만."

그의 시선이 남궁가의 무리 뒤에 산산조각이 난 문짝으로 향했다.

"어라? 어떤 똥물에 튀겨 죽일 놈의 새끼가 내 집 문을 부순 거야? 엉? 너야? 너야?"

문이 아예 회생불가능할 정도로 부서졌다는 사실에 오랜만에 그의 미간이 역팔자로 휘었다. 그는 당장에라도 문을 부순 원흉을 찾아 혼쭐을 내주겠다는 식으로 무사들을 하나하나 손가락으로 가리켰다.

그 모양새가 영 이상했는데, 남궁무진은 꿰다 놓은 보릿 자루 신세가 되고 말았다.

남궁무진이 어이가 없어 코웃음을 치며 물었다.

"허! 넌 내가 누군 줄 알고 까부는 것이냐?"

"알 게 뭐야. 당신보다 내 집 문이 더 중요하거든. 아, 쓰 벌! 어떤 놈이 부쉈냐고?"

"네놈이 겁을 상실했구나. 감히 네가 어느 안전이라고 함 부로 입을 놀리는 거냐?"

"이 집 주인이 불청객 앞에서 말하는데, 왜?"

능사운이 멀뚱멀뚱 남궁무진을 쳐다봤다.

겁을 먹기는커녕 도리어 당당한 그의 태도에 남궁무진은 무언가 그가 믿는 구석이 있는가 싶었다.

"이런 오만방자한 놈 같으니라고. 네놈이 무엇을 믿고 까 부나 본데. 이몸에게는 어림도 없다. 네놈이 믿고 있는 잘 난 놈들을 불러보거라."

"아, 우리 집 하인이 보고 싶다고?"

능사운이 전각 뒤쪽에다 대고 크게 소리쳤다.

"야, 다들 나와봐."

얼마 있지 않아 월동문 너머에서 이쪽의 눈치를 살살 살 피던 하인들이 쭈뼛거리며 하나둘 모습을 드러냈다. 그 수 가 말자를 포함해 고작 다섯이 전부였다.

"나머지 애들은 어디 있느냐?"

"이게 단데."

"그따위 거짓에 속을 정도로 이몸이 어리숙해 보이던가? 소가주와 청풍검대를 쓰러뜨릴 정도라면, 적어도 수백의 무사가 숨어 있을 테지. 다 알고 있으니 순순히 그들을 불러라."

"착각도 유분수지. 저놈들 전부 나한테 다 맞고 깨진 거야."

"헛소리! 자꾸 간사하게 혀를 놀린다면, 그 혀부터 뽑아주마."

"직접 와서 뽑아봐. 그럼 자연히 알겠네."

"좋다! 이놈, 네놈이 기어이 벌주부터 들이키겠다면 내 사정을 봐주지 않겠다!"

어디선가 한 번 본 적이 있는 광경이 똑같이 연출되고 있었다.

남궁무진의 좌우에서 남궁진상과 남궁도가 황급히 그를 말리고 나섰다.

"아버님, 그놈의 간사한 혓바닥에 속으시면 안 됩니다."

"가주님! 잠시… 만요!"

그러나 부전자전 격으로 남궁무진은 둘의 말을 깡그리 무시한 채 검을 뽑아 들고 말았다.

"내가 오늘 남궁가의 진정한 검이 무엇인지 보여주겠다!"

능사운이 입꼬리를 말아올리며 조소를 지었다.

"그래, 얼마든지."

*　　　*　　　*

능사운과 남궁무진이 서로를 마주 보고 섰다.

단 한 번의 도약으로 닿을 정도로 가깝다면 가깝고, 멀다면 먼 위치에서 그들은 서로를 노려보며 언제든지 싸울 수 있게 만반의 준비를 했다.

대치해 있는 둘 사이에 흐르는 팽팽한 긴장감은 이전 능사운과 남궁진상의 싸움과는 확연히 다른 느낌이었다.

장내에 천하장의 하인들과 오백이 넘는 무사도 이 상황을 지켜보면서 잔뜩 투기를 끌어올렸다.

남궁가 무리의 가장 앞에 선 남궁진상과 남궁도는 초조한 얼굴로 대치한 채 서 있는 두 사람을 살피기 여념이 없었다.

한참 눈을 굴리던 남궁진상이 옆의 남궁도에게 걱정스러운 어조로 물었다.

"설마, 아니, 만에 하나 아버님께서 저놈에게… 패하는 일은 없겠죠?"

"그런 가당치도 않은 말은 농담이라도 입에 올리지도 말
게. 가주님이 어떤 분이신데 저런 시정잡배 같은 놈에
게……. 그건 상상도 할 수 없는 일이라네."

"그렇죠?"

그래도 직접 능사운과 손속을 섞어본 적이 있는 남궁진
상은 어딘가 찜찜한 이 기분이 쉽사리 떨쳐지지가 않았다.

남궁도는 확신에 찬 어조로 남궁무진에 대한 믿음을 드
러냈다.

"가주께서 비록 무림십왕의 일인은 아니시나 검술로서는
이미 초절정에 근접하신 분일세. 감히 무림십왕이나 그 위
인 무림오존이 아니고서야 가주님을 어떻게 할 수 없다고
장담하지."

"무림십왕이라 하심은……?"

"소가주도 알 것이네. 과거에 무림에 십절이 있었다면,
현 무림에는 십왕이 있지. 각 정사마와 세외를 대표하는 고
수들로 무림오존보다 밑이나 그들 하나하나가 능히 일파의
종주 급인 인물들이네. 가주님이라면 능히 그들과 자웅을
겨루실 정도지."

가만히 남궁진상과 남궁도의 대화를 듣고 있던 남궁무진
의 입꼬리가 스르륵 올라갔다.

그가 의기양양한 얼굴로 능사운을 향해 말했다.

"흐하하핫, 이제 나의 무위가 어느 정도인 줄 알겠느냐? 좋은 말로 할 때 무릎을 꿇어라. 그렇다면 최대한 고통을 덜어주마."

그러나 능사운은 그 말에도 전혀 흔들림이 없었다. 도리어 피식 웃었다.

'내가 그 무림십왕 중 한 사람이거든.'

남궁진상은 남궁도의 말에 고개를 끄덕이면서 한편으로 자신의 아버지이자 남궁가를 대표하는 가주인 남궁무진이 십왕에 들어가지 못한다는 것이 마음에 걸렸다.

"하면 아버님께서는 왜 십왕에 못 미치시는 겁니까? 제가 알기로 아버님의 검은 무당의 송진자와 겨루어도 손색이 없다는 이야기가 공공연히 무림인들 사이에서 오가지 않습니까?"

"물론 앞서 말한 것처럼 가주께서는 무림십왕에 필적하신다네. 다만 본가의 가장 큰 어르신인 검존께서 무림오존에 계시다 보니 그리 된 것이라네. 무림에서는 한쪽에 일방적으로 힘을 몰아주지 않는 게 섭리와 같지. 그 예로 십왕에는 검증되지 않은 자가 끼어 있기도 하지."

"검증되지 않은 자라니요?"

"황실의 고수라고 불리는 충왕(忠王)은 무림에서는 활동을 하지 않아 자세한 것을 모른다네. 그리고 또 한 사람으로 낭인왕을 꼽을 수가 있지. 그 역시 낭인들의 우두머리라는 위치 때문에 십왕에 뽑힌 것이지, 실제로 그의 무위가 그만큼 뛰어나지는 않다는 것이 대부분의 무인들의 의견일세. 아마 그가 십왕 중 가장 실력이 떨어질 게야."

"흥! 천박한 낭인들의 우두머리인 낭인왕 따위가 무림십왕이라니. 무림십왕도 그저 허명에 불과한 모양이군요."

이전까지 시종일관 미소를 짓던 능사운의 얼굴이 일변했다. 미간에 주름이 잡히며 그의 얼굴이 딱딱하게 굳어갔다.

그 모습에 남궁무진은 이제야 만족스러운 미소를 지으며 한껏 거드름을 피웠다.

'이제 이몸에게 무참히 짓밟힐 생각에 두려운 모양이구나. 흘흘, 아주 천천히 갖고 놀아주마.'

그러나 그의 생각은 단순히 추측에 불과했다.

능사운은 남궁진상과 남궁도의 대화에 기분이 상해 있었던 것이었다.

'천박해? 낭인왕 따위? 허명? 이놈이 살살 굴려줬더니, 이제 아주 기어오르네. 이거 끝나고 네놈들 둘 다 죽었어!'

남궁무진이 기수식을 취했다. 그러는 한편 여전히 표정이 썩 좋지 않은 능사운을 향해 비릿한 조소를 날렸다.

"어때? 막상 두려운가 보지?"

"응, 너무 두렵네. 내가 손속에 사정을 두지 못해 너의 팔이나 다리 한쪽을 싹둑 잘라 버릴까 봐서."

"크으, 아직 입은 살았구나. 네놈이 검을 뽑고도 그런 소리가 나오나 보자. 어서 검을 뽑아 들어라!"

"원하신다면야. 뭐 명색이 남궁가의 가주니까 소가주보다는 검술 실력이 훨씬 낫겠지?"

남궁무진의 눈썹이 역팔자로 휘었다.

"닥치고 검이나 뽑아라. 네놈 따위는 창궁무애검도 필요 없다."

"오호, 그러셔? 덤벼."

능사운은 남궁무진을 도발하듯이 검을 까닥까닥거렸다.

"이― 노옴!"

남궁무진이 검에 내기를 주입하고 막 땅을 박차려고 하던 찰나.

갑자기 능사운이 손을 들어 그를 제지했다.

"잠깐!"

"또 뭐냐? 이제 와서 살려달라고 해도 소용없다."

"아, 그게 아니고. 잘난 남궁가의 가주가 검을 휘두르는데 무게없이 그냥 휘둘러서야 쓰나?"

"어차피 내 검에 싸늘한 주검이 될 놈이 말이 많다. 내가 네놈에게 패할 일 따위는 없으니 그만 닥치고 검을 들어라."

"후후, 왜? 그건 검을 부딪쳐 봐야 아는 일이고. 만약 내가 이긴다면, 당신도 당신 아들 놈처럼 똑같이 내 종복이 되는 건 어때?"

남궁무진은 어차피 자신이 승리할 거란 자신감에 차 있어 대충 그의 말을 수긍하면서 검을 들어 올렸다.

"좋다. 그 전에 네놈이 땅 위에 서 있을 수 있나 보자! 하압!"

"후후, 종놈이 되겠다고 달려드는 꼴하고는."

능사운이 기수식을 취했다.

이어서 땅을 박차고 날아온 남궁무진이 능사운 주위를 돌면서 서서히 그를 압박해 왔다.

그러나 정작 당사자인 능사운은 그 자리에서 꼼짝도 하질 않았다. 그저 남궁무진의 움직임을 간간이 살피며 발의 방향을 살짝 바꾸었다.

언제고 검광이 번뜩이는 싸움이 벌어질 것 같은 기대와 달리 선뜻 검끼리 부딪히는 일은 없었다.

능사운 주위를 배회하는 남궁무진은 그에게서 쉽사리 틈을 찾지 못했다.

'믿는 구석이 있는가 싶더니만, 겨우 이거였나?'

살짝 지루할 수 있던 시간이 이제껏 잠자코 있던 능사운이 움직이면서 빨라졌다.

능사운이 반 보 우로 이동했다. 그리고 번쩍 하는 순간 그의 검집에서 검이 뽑혀져 나와 어느새 관자놀이를 노리고 들어온 남궁무진의 검을 막았다.

카캉!

요란한 금속음이 터져 나오면서 남궁무진의 검이 튕겨져 나왔다.

검이 물러남과 동시에 남궁진상이 펼쳤던 섬전십삼검뢰와 같으면서도 다른 느낌의 검이 능사운의 복부를 향해 쑥 찔러왔다.

캉!

능사운은 이번에도 가볍게 검을 막았다.

하나 남궁무진의 검은 거기서 끝이 아니었다. 검 하나가 막히자 그 순간 검이 여러 개로 늘어나는 듯한 착각이 일었다. 무려 열세 개로 변한 검이 능사운을 난도질할 것처럼 그의 사혈을 뒤덮었다.

이번 한 수에 능사운 역시 겉으로 내색을 하지 않았으나 내심 상대를 인정했다.

'꼴에 남궁가의 가주라 이건가?'

장원에 들어온 뒤로 제대로 된 상대를 만난 적이 없던 능사운은 숨 막힐 듯한 긴장감 속에서 오히려 마음이 편안해

짐을 느꼈다. 점점 끓어오르는 투지에 그의 입가에 미소가
걸렸다.

카카카카캉.

능사운의 몸에서 번쩍이는 백색의 불꽃이 연달아 피어났
다.

남궁무진이 검을 회수하며 그에게서 훌쩍 물러났다.

그는 검날을 이전과 다르게 비스듬히 세우며 재차 능사
운을 향해 쇄도해 갔다.

'이번엔 창궁무애검법이다!'

검에서 만들어진 푸른 궤적이 허공을 갈랐다. 마치 살아
서 꿈틀거리는 것 같은 푸른 선이 능사운의 눈을 현혹시켰
다.

능사운이 손을 놀렸다. 그러자 그의 의지에 따라 검이 춤
을 추며 너무나 간단히 푸른 선을 가닥가닥 끊어버렸다.

하지만!

이건 남궁무진이 원하던 의도였다.

남궁무진은 검을 일직선으로 쭉 찌르며 회심의 미소를
지었다.

'이놈! 걸려들었다!'

가닥가닥 끊어진 푸른 선은 그대로 사라지지 않았다. 그
것들 하나하나가 살아 움직이면서 삽시간에 날카로운 검기

로 변했다.

족히 수백이나 되어 보이는 검기의 무리가 이미 능사운을 가득 덮었다.

남궁무진이 찔러 들어가는 검에 맞추어 그것들은 능사운의 사방에서 그를 덮쳐 갔다.

정체절명의 순간.

능사운은 자신을 덮쳐 오는 다양한 검기들을 보면서 당혹스러운 표정보다는 한줄기 미소를 지었다.

'후후, 추명삼절을 익힌 보람이 있군.'

그가 하늘로 솟구칠 듯한 자세를 취했다.

그 자세는 바로 하인들도 익히 봤던 단월참의 기수식이었다.

지금의 대결을 손에 땀이 날 정도로 가슴을 졸이며 지켜보던 하인들이 깜짝 놀라 저마다 다급한 목소리로 외쳤다.

"자, 잠깐! 저, 저 자세는……."

"으아, 미쳤어요?"

"그, 그냥 죽을 생각이야. 우린 이제 망했어!"

"…포기."

하인들의 얼굴에 절망감이 드리워지는 반면에 남궁진상과 남궁도의 얼굴이 환하게 밝아졌다. 그 뒤의 남궁가 무사들 역시 당연하다는 듯이 고개를 끄덕이며 미리 남궁무진의 승리를 점쳤다.

모두가 능사운의 패배를 직감할 때, 저쪽 구석에서 말자만이 알 듯 모를 듯한 미소를 지었다.

'풋, 끝났네.'

그녀의 미소에 화답이라도 하듯이 자신을 덮쳐 오는 검기를 향해 무작정 솟구친 능사운의 정수리에서부터 새하얀 섬광이 뿜어져 나왔다.

순간 남궁무진이 시야를 잃었다.

푸른 검기들은 뿜어져 나오는 빛무리에 그대로 흔적없이 사그라졌고, 능사운의 검에 남궁무진의 검이 맞부딪치는 순간.

캉!

마른하늘 위에 뇌성이 들려오면서 남궁무진이 포탄처럼 튕겨져 나갔다.

남궁무진이 비틀거리며 다시 일어났지만, 얼마 버티지 못했다. 그는 검은 울혈을 토하면서 그대로 땅바닥에 고꾸라졌다.

이 모든 상황이 그야말로 눈 몇 번 깜빡이는 순간 일어난 일이었다.

남궁무진이 쓰러지는 걸 본 순간 남궁가의 무리에서 비

명이 튀어나왔다.

"으아, 아버님—!"

"가주님—!"

남궁가 사람들은 경악 어린 표정을 지으며 입을 떡 벌린 채 아무 말을 할 수가 없었다.

설마 가주가 질 줄이야.

소가주인 남궁진상이 쓰러졌을 땐 분노를 했다면, 이번 엔 눈앞에 벌어진 광경에 경악한 나머지 그들 모두 그 자리 에서 딱딱하게 굳어버렸다.

초상 분위기인 남궁가의 무리들과 달리 하인들은 처음엔 어리둥절한 얼굴이었다.

"뭐야? 뭐가 어떻게 된 거야?"

그러다가 남궁무진이 쓰러지는 것을 확인한 그들의 얼굴 이 환하게 밝아졌다. 그들은 저마다 자신의 일처럼 서로를 끌어안고 좋아라 했다.

"뭐긴 뭐야? 장주님이 이긴 거지."

"와아아아! 장주님은 역시 괴물이야!"

"…인정."

그러나 검을 갈무리하는 능사운의 얼굴이 온전히 밝은 것만은 아니었다.

뒤쪽에서 직접 싸우지도 않았는데 이긴 것처럼 좋아하는

하인들을 보는 그의 눈이 사냥감을 노리는 매처럼 날카로
웠다.

   '이 자식들이 아까는 뭐? 음, 조금 있다 보자.'

第八章 남궁가의 구원

"으윽."

여태 혼절해 있던 남궁무진의 입에서 미약한 신음 소리와 함께 그의 눈꺼풀이 씰룩였다.

오늘따라 유난히 무거운 눈꺼풀을 힘겹게 뜨자 그의 시야는 온통 회색빛으로 보였다. 다시 몇 번 눈을 끔벅이고 나서야 희뿌연 것이 조금씩 가시면서 비로소 낯선 천장이 눈에 들어왔다.

그의 눈이 천장을 살피고 아직 덜 깨어난 머리가 천천히 회전을 했다.

그가 지금의 상황을 유추하기도 전에 옆에서 목소리 하나가 들려왔다.

"일어나셨어요?"

그 목소리는 세가 내에서 아침을 반겨주는 시비의 것이 아니었다.

그는 이곳이 확실히 남궁세가가 아님을 인지했다.

남궁무진이 나지막이 중얼거렸다.

"그럼… 여긴 어디지?"

그의 물음에 침상 옆에 앉아 있던 말자가 고개를 설레설레 흔들었다.

'부전자전이라고, 부자가 깨어나자마자 똑같은 소리를 하네.'

그녀가 제법 친절하게 그의 궁금증을 풀어주었다.

"하인들이 머무는 방이에요."

"뭣이? 내가 왜 이딴 곳에……?"

하인이란 말에 남궁무진의 눈이 동그랗게 변했다. 자신이 순간 잘못 들은 것이 아닌가 하는 의심마저 들 정도였다.

말자는 아직 정신을 못 차리고, 상황을 깨닫지 못하는 그에게 뼈아픈 현실을 각인시켜 주었다.

"그야 하인이니까, 하인 방에 있겠죠."

"이 몸이 하인? 내가?"

남궁무진은 뒷골이 슬슬 당겼다.

그의 머리가 온전히 깨어나자 의식을 잃기 전에 있었던 일들이 불현듯 떠올랐다.

"가만……."

뺀질뺀질한 능사운의 얼굴.

분노에 이성이 마비된 그 자신.

터무니없는 조건.

지금도 믿기지 않은 패배.

하나하나 떠오르는 기억이 그의 심장을 저밀 듯이 후벼 팠다.

"내가 그놈에게 지다니……."

그때를 떠올리니 후회가 물밀 듯이 올라왔다.

다시 돌아갈 수만 있으면 좋으련만.

이미 그 자신은 침상에 누워 있는 꼴이 되고 말았다.

그렇다고 이대로 누워 있을 수만은 없었다.

남궁무진이 거칠게 욕을 내뱉으며 일어나려고 했다.

"제기랄!"

말자가 손을 뻗어 일어나려던 그를 침상에 다시 밀치며 말렸다.

"지금 일어나면 안 돼요."

'에효, 성격 급한 건 애비나 자식이나 부자가 똑같아 가지고. 망할 놈의 남궁가 놈들은 참을성은 쥐뿔도 없어요.'

그러나 남궁무진은 이에 굴하지 않고, 다시 일어나려고 했다.

"놔라! 나를 말리지 말거라."

"얌전히 누워 있으세요. 앞으로 사나흘은 요양해야 한다고요!"

"내가 천한 너 따위의 말을 들을 것 같으냐! 내가 남궁가의 가주다.. 이 정도는 끄떡도 없다!"

말자는 그나마 한 가문의 가주이고 연장자인 남궁무진에게 베풀던 일말의 자비와 배려가 한순간에 무너짐을 느꼈다.

그녀의 얼굴이 얼음장처럼 냉랭해졌고, 말투 또한 가시가 돋친 것처럼 날카롭게 변했다.

"아우, 똥고집 좀 그만 부려요. 누가 좋아서 말리나? 아, 몰라. 움직이든지 말든지 마음대로 해요. 앞으로 다시는 무공 쓸 일이 없으면."

바동거리던 남궁무진의 움직임이 뚝 멈췄다.

그녀의 말을 무시하고 몸을 막 움직이자 뒤늦게 가슴이 답답해지는 것을 느꼈다.

그가 스스로 기운을 끌어올려 보는데, 몸 안의 기혈이 마구 헝클어져 있었다. 그뿐만 아니라 외적으로 뼈마디가 시큰거리며 근육들이 끊어진 것처럼 욱신거렸다. 몸 중에 성한 곳이 없었다.

"크으……."

그의 입에서 나지막한 신음성이 새어 나왔다.

고통.

이 얼마 만에 느껴보는 것이던가?

천하의 남궁가 가주인 자신이 이런 큰 고통을 겪은 기억은 다섯 손가락으로 꼽을 정도였다.

과연, 그녀의 말처럼 당분간 요양을 해야 할 상황이었다.

남궁무진은 괜히 분한 마음에 자신의 옆에서 딱딱한 말투로 쌀쌀맞게 굴었던 말자를 홱 하고 노려보았다.

말자는 그의 사나운 눈빛을 덤덤히 받으며 오히려 그에게 걸쭉한 욕을 한바가지 퍼부어 주었다.

"옘병. 병간호까지 해줘도 지랄이네, 지랄."

평생 자신보다 어려 보이는 사람에게 욕이라곤 들어본 적이 없는 남궁무진은 억눌렀던 기혈이 다시 들끓는 것 같았다.

"으으, 갈! 고얀 계집 같으니라고. 지금 네가 내가 누군 줄 알고 감히……."

"남궁가주. 알아. 아주 지겹다, 지겨워. 아주 입에 남궁가를 달고 사네, 살아."

"뭐, 뭣이라? 무림팔대세가의 으뜸이라 칭해지는 남궁가를 그딴 식으로! 으으, 본가의 검이 얼마나 날카로운지 보여주마!"

"어휴, 그렇게 잘난 인간이 우리 장주님께 깨졌냐? 천하의 남궁가 가주가 말이야. 나 같으면 쪽팔려서 말도 못해. 아니, 쥐구멍에 들어가 숨고 싶겠다!"

"으으… 으으……!"

"왜? 화내려고? 화내면 너만 손해지. 불쌍해서 안 건드릴 테니까 그냥 요양이나 잘 해서."

말자는 남궁무진이 갈아입을 옷을 그의 침상 위에 휙 던져 놓고는 유유히 나가 버렸다.

이제 방에 홀로 남은 남궁무진의 얼굴이 참담하게 일그러졌다.

벌떡 일어나 일검을 휘두르기에는 지금 몸 상태가 지극히 정상이 아니었다. 그가 할 수 있는 일이라곤 이 분노를 혼자 식히는 일이었다.

남궁무진의 입에서 푸념에 가까운 한탄이 새어 나왔다.

"어떻게 된 놈들이 우리 남궁가를 하나같이 개똥으로 안단 말인가!"

　　　　*　　　　*　　　　*

　남궁무진은 말자에게 수모를 당한 뒤로부터 이틀만에 겨우 자리를 털고 일어났다. 확실히 남궁진상이 사흘만에 깨어난 것에 비해 빨리 일어난 편이었다.

　사실 온전히 회복되려면 아직 한참이 남았으나 그가 이를 악물고 억지로 몸을 일으켜 세운 감이 적지 않았다.

　침상의 기두를 잡고 일어난 남궁무진이 한 걸음 떼기 무섭게 신음성을 흘렸다.

　"크으……."

　다리가 후들후들거리고 근육이 욱신거렸다. 거기다가 알게 모르게 시려오는 뼈마디에 이를 꽉 깨물었다.

　지금 몸에서 느껴지는 고통보다 그가 당한 수모가 더욱 컸다.

　남궁가의 사람들에게 있어 곧 죽어도 자존심이란 이야기가 괜히 나온 것이 아니었다.

　남궁무진은 드디어 문을 열고 밖으로 나왔다.

　"어쨌든 이몸은 남궁가의 가주다. 좋든 싫든 그놈을 만나보자."

　지금의 사태를 해결하기 위해 자신을 이렇게 만든 원흉인 능사운을 찾으려고 했다.

하지만 곧 그것이 여의치 않음을 깨달았다.

장원에 처음 들이닥쳤을 때는 몰랐는데 막상 장원은 남궁가보다 컸으면 컸지 결국 작지가 않았다. 저 많은 전각 중에 능사운이 있는 곳을 도저히 알 수가 없었다. 아직 회복되지 않은 몸을 이끌고 저 많은 곳을 돌아다니기에는 엄두가 나지 않았다.

"어디로 가야 하나? 어?"

마침 저쪽에서 장석대가 기와를 들고서 이쪽으로 걸어오고 있었다.

남궁무진은 잘됐다 싶어 냉큼 그를 불러 세웠다.

"이봐, 내 물을 것이 있다."

장석대는 남궁무진이 자신을 부르자 그래도 연장자에 대한 예우로 특별히 무시를 하지 않고 대꾸를 했다.

"무슨 일이요?"

장석대의 퉁명스러운 어조에 남궁무진의 눈썹이 꿈틀거렸다.

"참으로 건방진 놈이구나. 뭐 처음이니 이번만 그냥 넘어가겠다. 앞으론 이몸을 더 공손히 모시도록 하여라. 알겠느냐?"

"뭐라고 나불대는겨?"

"이놈이! 간이 배 밖으로 나왔구나. 이몸이 누군 줄 알고 그 따위로 주둥이를 놀리는 것이냐? 이몸으로 말할 것 같으면 대남궁가의……."

장석대의 버르장머리없는 태도에 자신이 남궁가의 가주임을 다시 상기시켜 주려 했던 남궁무진의 시도는 무참히 깨지고 말았다.

"아, 알아. 잘 알고말고. 우리 장주님께 개박살 난 남궁세가의 가주가 그쪽 아니요. 나도 다 아니까 그놈의 남궁가 좀 그만 들먹이쇼."

"네, 네놈이 그걸 알고도 감히!"

"괜히 성질이야. 아, 기분 상했어. 나 그만 갈래."

장석대가 얼굴을 구기며 몸을 홱 돌렸다.

그가 이대로 가버리면 남궁무진 입장에서는 손해였다. 지금은 자존심을 무작정 세울 수 있는 상황이 아닌지라 남궁무진은 꾹 참으며 다시 장석대를 불렀다.

"갈 때 가더라도 그놈 처소를 알려주고 가거라."

"음? 그놈이라니?"

"그놈 있잖느냐?"

"그놈은 모르겠고, 장주님이 어디 계시는지는 잘 알지."

남궁무진은 뒷목을 붙잡았다.

"이놈이 끝까지! 으으, 그놈의 위치를 바른 대로 말하지 못할까!"

"어허, 그렇게 입을 함부로 놀리다간 혹 갈 수 있다니까. 장주님이 보통 분일 줄 아쇼? 아직 혼이 덜 난 모양이구만."

장주가 보통내기가 아니라는 것쯤은 이미 검을 겨루어 보고 나서 뼈저리게 느꼈던 남궁무진이었다. 괜히 그 말에 또 다시 뼈마디가 쑤시고 오한이 들었다.

장석대가 인심 쓰는 척 말했다.

"공손하게 물어본다면 내 특별히 알려 주지."

남궁무진은 잠시 망설이다가 다시 물었다.

"장주의 처소는 어디냐?"

"장주님."

빠드득!

"…장주님의 청소는 어디요?"

장석대는 이제야 만족했다는 듯 고개를 끄덕이며 손가락으로 월동문 하나만 지나면 바로 있는 전각을 가리켰다.

"저 문만 지나면 되오."

남궁무진은 바로 코앞에서 전각을 찾아 헤맸다는 사실에 가슴속에서 울화가 치밀어 올라 피를 토했다.

"끄으, 저, 저기? 쿨럭, 쿨럭!"

"어이구, 난 바빠서 이만."

장석대가 도망치듯이 사라졌다.

남궁무진은 한동안 심호흡으로 기혈을 억누르고 나서야 허리를 필 수 있었다.

"후우, 내 기필코 이놈의 장원을 갈아 마셔 버리고 말 것이야."

그는 장석대가 알려준 대로 월동문을 지나 바로 앞에 보이는 전각 안으로 힘겹게 들어갔다.

전각 안의 기다란 복도를 따라 보이는 문 앞.

남궁무진은 예의고 뭐고 벌컥 문을 열어젖혔다. 그리고 눈앞에 보이는 광경에 일순간 멍해지면서 할 말을 잃고 말았다.

능사운의 집무실 안에는 이미 꽉꽉 차다 못해 넘칠 정도로 많은 무사들이 질서정연하게 무릎을 꿇고 앉아 있었다.

그들은 남궁가의 자랑이자 주력 부대인 제왕검대의 스무 명 조장과 가주를 호위하는 무적검대의 무사들로 하나같이 얼굴들이 수척해 보였다.

"너, 너희 지금 여기서 뭐하는 것이냐?"

남궁무진의 물음에 무적검대의 대주 남궁준호가 꾸부정하게 일어나 말했다.

"저희가 가주님을 두고 어찌 갈 수가 있겠습니까? 이 말도 안 되는 불합리한 조건을 없애기 위해 저희가 못난 꼴을 보이는 한이 있더라도 이렇게 사정을 하고 있었습니다."

남궁무진은 자신을 위해 무릎을 꿇는 수모를 감수하는 수하들의 마음에 가슴이 벅차 올랐다.

"크윽. 역시 대남궁가의 무사……."

그가 붉어진 눈시울로 수하들을 향해 진정 어린 마음을 전하려는데,

벌컥.

문이 열리며 능사운이 들어왔다.

그는 집무실에 들어오기 전에 들었던 대화 내용에 어처구니가 없어 코웃음을 쳤다.

"하! 아주 입만 열면 구라네, 구라야. 대남구라가 어때?"

"이놈! 네놈이 아무리 이겼다고 하나 내 수하들의 진심까지 왜곡하지는 마라!"

"아이고, 그러셔?"

능사운이 남궁무진의 말을 가볍게 무시하다가 엉거주춤한 상태로 서 있는 남궁준호를 보고 눈매가 날카롭게 변했다.

"어쭈, 너 일어섰어?"

"죄, 죄송합니다. 바로 시정하겠습니다."

"아니야, 넌 특별히 하루 더."

"윽."

남궁준호가 암담한 얼굴로 철퍼덕 무릎을 꿇었다.

한편, 남궁무진은 오직 자신의 명에 따라 움직이는 남궁세가의 사람이 능사운의 말에 쩔쩔매는 것 자체가 이해 가지 않았다.

그가 어리둥절한 얼굴로 물었다.

"준호! 어찌하여 네가 이놈의 말을 듣는 것이냐?"

"응? 이야기 안 해준 거야? 그렇게 쓸데없는 구라나 칠 시간에 너희 가주에게 현재의 상황이나 말해줄 것이지. 쯧쯧."

"무슨 소리냐?"

"몰랐어? 저놈들 다 내 하인이야."

그야말로 청천벽력과 같은 소리였다.

"뭣이라?"

"쉽게 말해, 전부 다 나한테 깨졌다고."

"네놈이 무슨 무림오존이라도 된단 말이냐? 어떻게 오백이나 되는… 그것도 남궁가의 주력이라 할 수 있는 제왕검대를 깨부술 수가 있느냐!"

"정 못 믿겠으면 저놈들한테 물어보든가. 뭐 내가 없는 말 했냐?"

능사운은 아직도 얼떨떨한 얼굴로 이 상황을 납득하지 못하는 남궁무진 앞에서 무사들 멱살을 잡고 흔들었다.

"야! 내 말이 맞아, 아니야?"

"……."

"말을 해, 임마."

"……."

제왕검대의 삼조장 방우현이 마지못해 고개를 끄덕였다. 그러자 주변의 무사들은 차마 충격에 빠진 남궁무진의 얼굴을 볼 수 없어 고개를 푹 숙였다.

그나마 제왕검대의 대주인 남궁산우가 작은 목소리로 속삭이듯이 그를 위로한답시고 변명을 늘어놓았다.

"깨져서 면목이 없습니다. 저희가 그만 방심을 하는 바람에……."

그러나 그 말은 씨알도 먹히지 않았다. 오히려 능사운의 차가운 냉소에 조롱을 당했다.

"방심은 개뿔. 개떼처럼 뛰어들다가 다 얻어터졌잖아. 안 그래?"

"그건……."

"아니야? 아니면 꺼져. 너희도 후원에 있는 놈들처럼 흙바닥에 대가리 좀 박아볼 거야? 엉?"

그의 협박성 짙은 말에 조장들은 부르르 몸을 떨며 황급히 고개를 조아렸다.

"아, 아닙니다. 죄송합니다."

"입조심 하겠습니다."

남궁무진은 눈앞에서 벌어지는 비참한 광경에 마지막 남은 자존심에 금이 갔다.

그의 얼굴 위로 짙은 그림자가 드리워졌다.

'크으으… 차라리 침상에 더 누워 있을 걸.'

*　　　*　　　*

악양의 천하장에는 세인들이 알면 그야말로 경천동지(驚天動地)할 만한 일이 버젓이 일어나고 있었다.

남궁세가의 가주와 제왕검대, 그리고 무적검대의 무사들이 천하장의 하인이 된 지도 어느새 나흘째가 되었다.

천하장에는 갑자기 늘어난 하인들로 인해 장원 안에서 사람이 없는 곳이 없을 정도로 북적였다.

무려 오백오십에 육박한 하인들을 거느린 천하장의 장주 능사운은 오늘도 한가로이 대청에 앉아 신투의 창고에서 찾은 춘화를 들여다보고 있었다.

"호오."

그의 입에서 연달아 감탄사가 튀어나왔다.

"오오, 그렇지."

이따금 허벅지를 두드리며 그는 한껏 기분이 들떠 있어 보였다.

반면 본격적으로 하인 생활을 하게 된 남궁무진이 건성으로 비질을 하며 능사운 쪽을 힐끔거렸다.

'기회는 이때다.'

그가 빗자루를 쓰는 척하며 서서히 능사운이 있는 대청으로 다가갔다. 그리고는 대청 주위를 쓰는 척하며 은밀한 목소리로 말했다.

"저, 장주."

능사운은 춘화에 정신이 팔린 나머지 대답조차 하지 않았다.

남궁무진은 철저히 무시를 당하자 화가 치밀어 올랐으나 그간 고된 경험들을 바탕으로 간신히 참으며 재차 그를 불렀다.

"장— 주."

여전히 춘화에 시선을 두면서 능사운이 건성으로 대답했다.

"응… 왜?"

"…할 말이 있소이다."

"해."

"긴히 할 말이라……."

남궁무진이 주위의 이목을 살피며 말끝을 흐렸다.

능사운은 짜증스러운 얼굴로 춘화를 탁 덮었다. 그가 귀찮은 기색이 역력한 얼굴로 물었다.

"아, 왜? 또 무슨 말을 하고 싶어서?"

"중요한 이야기요."

"얼마나?"

"남궁가의 명예와 버금……."

"아, 알았으니까 그만 말해. 그놈의 남궁세가, 지겹지도 않나? 흐아암."

능사운은 하품을 늘어지게 하며 자리에서 일어났다. 그리고 집무실로 걸음을 옮겼다.

그 뒤를 남궁무진은 아무 말도 못하고 뒤따랐으니.

이게 약자의 서러움이리라.

집무실에 들어온 능사운이 탁자에 편하게 앉았다.

마찬가지로 남궁무진도 그의 맞은편 의자에 당당히 앉았다.

그 모습에 능사운의 미간이 꿈틀거렸다.

"이봐, 남궁무진이."

"크윽. 왜 그러시오?"

"여긴 네 자리가 아니야. 어디 하인 놈이 주인이랑 동석을 해? 남궁세가에서 그렇다면 내 인정해 줄 수도 있어. 그런가?"

"아, 아니오."

남궁무진은 주먹을 불끈 쥐고 일어났다.

"잘했어. 넌 남궁세가의 가주가 아니라 천하장의 하인이
라는 걸 잊지 말라고. 알겠어?"

"…아, 알겠소이다."

그가 마지못해 대답을 했다.

능사운은 비로소 만족스럽게 고개를 끄덕였다.

"좋아, 이제 말해봐."

"험험, 장주도 알다시피 내가 본의 아니게 이 꼴이 되었
으나 엄연히 한 가문의 수장이고, 우리 남궁가가 무림에서
차지하는 비중은 상당하오. 그런 내가 이런 꼴임을 알게 된
다면 틀림없이 정천맹에서 이곳을 쑥대밭으로 만들지 모르
오."

"흐음, 그럴지도."

"더군다나, 본 세가의 최고 어르신으로 말하자면 무림오
존 중 일인이신 검존이오. 검존이 누군지는 아시오?"

"웅, 알아. 그래서?"

검존을 알고 있다는 말에 남궁무진의 얼굴이 밝아졌다.
그는 '검존' 이라는 단어를 누차 강조하며 말했다.

"검존이 이 사실을 알면 틀림없이 진노하실 것이오. 아마
당장에 이곳에 달려오실 터. 그리 된다면 장주도 아마…….
크흠, 내 말이 무슨 뜻인지 아시겠소?"

"모르겠는데?"

능사운은 이마를 긁적이며 심드렁한 얼굴이었다.

"끄응, 장주 목숨이 여러 개요?"

"아니, 하나."

"그것이 없어지면 어떻게 되오?"

"죽지."

"검존께서 오시면 장주의 하나밖에 없는 목숨이 없어질 수도 있단 말이오. 이제야 아시겠소?"

"……."

능사운은 겁먹은 기색 하나 없이 태연한 얼굴로 잔에 찻물을 따르느라 여념이 없었다.

"장주! 듣고 있소?"

"나 귀 안 먹었어. 네 말은 다른 놈들이 너희 복수를 하러 올 테니, 좋은 말로 할 때 우리를 놓아주라. 뭐, 그런 말이냐?"

"그렇지, 그렇소이다. 이제야 말귀가 통하네."

남궁무진의 얼굴이 밝아졌다. 말이 통했다 생각한 그가 기대 어린 눈으로 능사운을 쳐다봤다.

능사운은 찻물을 홀짝이고 짧게 말했다.

"싫다."

"예? 싫다니?"

"귀찮으니까. 그냥 그러라고 해."

참으로 황당한 말이었다.

설마하니 이렇게 배짱을 부릴지 몰랐던 남궁무진이 당황한 얼굴로 물었다.

"장주! 혹 뒤에 다른 배후라도 있는 것이오? 우리 남궁가를 노리는… 사황성? 마교? 그게 아니라면 혹 세외의……."

"무슨 개소리야? 난 나 혼자구만."

"말도 안 돼! 뒤에 배후가 있지 않고서야 어찌 겁도 없이 정천맹의 주축인 남궁가를 건드릴 수 있단 말이오?"

"어이구, 그리 대단한 양반이 남궁세가의 주력 부대를 이끌고 와서 그리 개박살이 나셨어? 정천맹의 주축이라고 하는 그 남궁세가가?"

남궁무진은 능사운의 이죽거림에 이를 꽉 깨물었다.

빠드득!

"그런데 말이야. 여기 이렇게 있어도 괜찮겠어?"

"오전 청소야 방금 다 끝냈잖소."

"아니, 그거말고. 그렇게 쟁쟁한 남궁세가의 무사들을 모조리 끌고 온 거라며? 그럼 텅 빈 남궁세가는 어쩌고?"

생각지 않은 능사운의 일침에 남궁무진은 헛바람을 집어삼켰다.

"흐헙!"

이제껏 분노에 이성이 흐려져 까맣게 잊고 있던 사실을 깨닫고 나자 덜컥 두려움이 몰려왔다.

'정천맹에 알리지도 않았는데……'

*　　　*　　　*

황산(黃山).

안휘성 남쪽 수백 리에 걸쳐 길게 뻗어 있는 산악으로 비록 중원오악에 끼지는 못하나 그 아름다움은 오악에 필적하다고 알려져 있을 정도로 명산(名山)이었다.

황산의 수려한 산세 속에서도 단연 으뜸은 연화봉으로, 가장 높고 험준한 터라 세인들의 발걸음이 잘 닿지 않는 곳이었다.

마치 초록빛 바다를 연상시키는 송림 안.

구부정한 노인을 연상케 하는 노송 아래에 빛이 바랜 암석 하나가 평평하게 누워 있었다. 그리고 그 위로 초로의 노인이 가부좌를 틀고 앉아 있었다.

노인은 눈을 반쯤 감은 채 저 멀리 산기슭 방향으로 걸터앉아 미동도 하지 않았다. 그의 검은 눈이 지그시 저 산 아래 흐르는 계곡 쪽을 내려다보고 있었다.

산에서 불어오는 소슬바람이 노인의 백발(白髮)과 백염(白

鹽)을 기분 좋게 만지고 지나갔다.

이윽고 그의 주름진 입가가 미미하게 움직였다.

"산은 산이요, 물은 물이로다. 고로 여자는 여자인 법."

대체 그가 무슨 말을 하는 것일까?

노인의 시선이 머무른 계곡에는 젊은 아낙 몇이 암벽 사이에 옷을 벗어놓고 목욕을 하고 있었다.

그걸 보고 노인의 주름진 입가에 미소가 그득하게 실렸다.

"허허, 내 이러니 속세에 미련을 떨치려야 떨칠 수가 없구먼."

그의 웃음이 허허롭게 송림에 울려 퍼질 때였다.

부스슥.

풀들이 밟히는 소리와 함께 인기척이 느껴졌다.

잠시 후, 수풀이 갈라지면서 그도 익히 아는 중년인이 허겁지겁 나타났다.

중년인이 노인을 발견하고는 그제야 안도한 나머지 산을 오르느라 참았던 거친 숨을 가쁘게 내쉬었다.

"헉, 헉."

노인은 중년인의 정체를 아는지 굳이 몸을 돌리지 않고 그에게 중후한 목소리로 물었다.

"무슨 일이냐? 허허, 분명 가주에게 노부를 찾지 말라고 일렀거늘."

"긴히 드릴 말씀이 있는지라, 부득불 제가 아버님을 찾아 뵌 것입니다."

"흐음. 무슨 중요한 말을 하려고 직접 온 게냐?"

"저, 그게 어떻게 말씀을 드려야 할지……."

중년인, 남궁휘는 어디서부터 이야기를 꺼낼지 참으로 막막했다. 더욱이 이 이야기를 꺼냈을 때, 자신의 아버지이자 현 남궁세가의 가장 큰 어른인 남궁백상이 어떻게 받아들일지 두려웠다.

남궁휘가 뜸을 들이며 말을 하지 못하자 남궁백상이 그를 다독였다.

"난 괜찮으니 망설이지 말고 말을 해보거라."

"어떻게 말씀을 드려야 할지 모르겠지만, 진상이 녀석이 하인이 되고 말았습니다."

남궁백상은 남궁휘의 말을 선뜻 이해하기 어려웠다. 그가 고개를 갸웃거리며 다시 물었다.

"소가주가 하인이라니? 대체 무슨 뚱딴지같은 소리냐?"

"…처음에 가주께서 소가주에게 악양에 있는 장원으로 가서 장주 놈을 잡아오라는 명령을 내리셨습니다. 한데 장주를 잡으러 갔던 소가주가 도리어 붙잡히고 그만 하인이 되고 말았습니다. 하여 가주께서 분노하셔서 친히 장원으로 가셨습니다. 그런데…….”

“그런데?”

“가, 가주께서도 역시나…….”

“역시나?”

“…하인이 되고 말았습니다.”

“정녕 그게 사실이냐?”

“분통하지만, 사실입니다…….”

남궁휘는 말끝을 흐리며 남궁백상의 눈치를 살폈다.

역시나 남궁백상은 놀란 나머지 자리에서 벌떡 일어나 그 말을 강하게 부정했다.

“갈! 지금 나보고 그 말을 믿으라는 게냐? 남궁가의 가주가 하인이 되었다니, 이건 있을 수도 있어서도 안 되는 일이다!”

“…….”

남궁휘는 뭐라 할 말이 없어 고개를 푹 숙였다.

남궁백상은 그의 행동에 결코 농담이 아니라는 사실을 깨달았다. 그의 주름진 얼굴에 깊은 골이 여러 개 파였다.

그의 오랜 연륜으로 봤을 때, 이리 화를 낸다고 일이 풀리지는 않는다.

“후우, 일단은 더 자세한 내막을 들어보자꾸나.”

남궁휘는 그간의 사정을 간략하게 남궁백상에게 전해 올

렸다.

"그게 어떻게 된 거냐 하면, 처음 세가에 한 통의 서찰이 도착하면서부터……."

남궁백상은 남궁휘의 말을 들으며 대충의 내막을 머릿속으로 그렸다. 곧 상황이 생각보다 심각하다는 것을 깨달았다.

"흐음. 하면 가주가 제왕검대와 무적검대를 모두 데리고 동행한 것이냐?"

"그렇습니다."

"그런데도 단 한 명도 돌아오지 못했다?"

"…면목없습니다."

남궁백상이 백염을 쓸어내리며 한층 깊어진 눈으로 남궁휘를 내려다봤다.

"네 말대로라면 지금 세가는 텅 빈 것이나 마찬가지구나. 청풍검대 반절과 이제 검을 잡은 아이들로 구성된 신검대가 전부겠구먼."

"후우, 사실 그것이 가장 걱정입니다. 그렇지 않아도 안휘성에 있는 흑사방이나 영통문의 움직임이 심상치 않습니다."

남궁휘가 남궁백상의 눈치를 보며 이어서 말했다.

"자칫 하다간 세가 전체가 위태로워질 수 있습니다. 현재 아무런 구심점도 없는 상황이라…….."

"허어, 이런 변고가 있나. 일단 이럴 게 아니라 하산을 하자꾸나."

"알겠습니다."

남궁백상은 남궁휘와 산을 내려오며 의아한 얼굴로 물었다.

"우리 아이들을 붙잡아 놓은 늙은이가 대체 누구라고 하더냐?"

"그게……."

사실 남궁휘는 장주의 정체를 알지 못해 대답을 할 수가 없었다.

그것을 남궁백상은 상대가 입에 담기 힘든 거물이라고 믿었다.

"나와 같은 오존 중에 있느냐? 뻔하지. 그 혈존 놈이 노망이 든 것이지? 아니야, 마존인가? 그놈들도 아니라면 세외에서?"

"사실… 저도 잘 모르겠습니다."

"설마 적의 정체도 모른단 말이냐?"

"예, 어찌 된 일인지 장원에 들어간 무사들은 다시는 장원 밖으로 나오지 못했다고 합니다."

"허, 이럴 수가."

남궁백상은 남궁세가의 가주와 주력 부대를 붙잡아 놓은 상대가 누구인지 도통 가늠이 되지 않았다.

　결국 황산 아래에서 남궁백상은 남궁세가가 아닌 호남성 악양 쪽으로 발걸음을 돌렸다.

　"휴우, 내가 직접 가보는 수밖에 없구나."

第九章 거문조

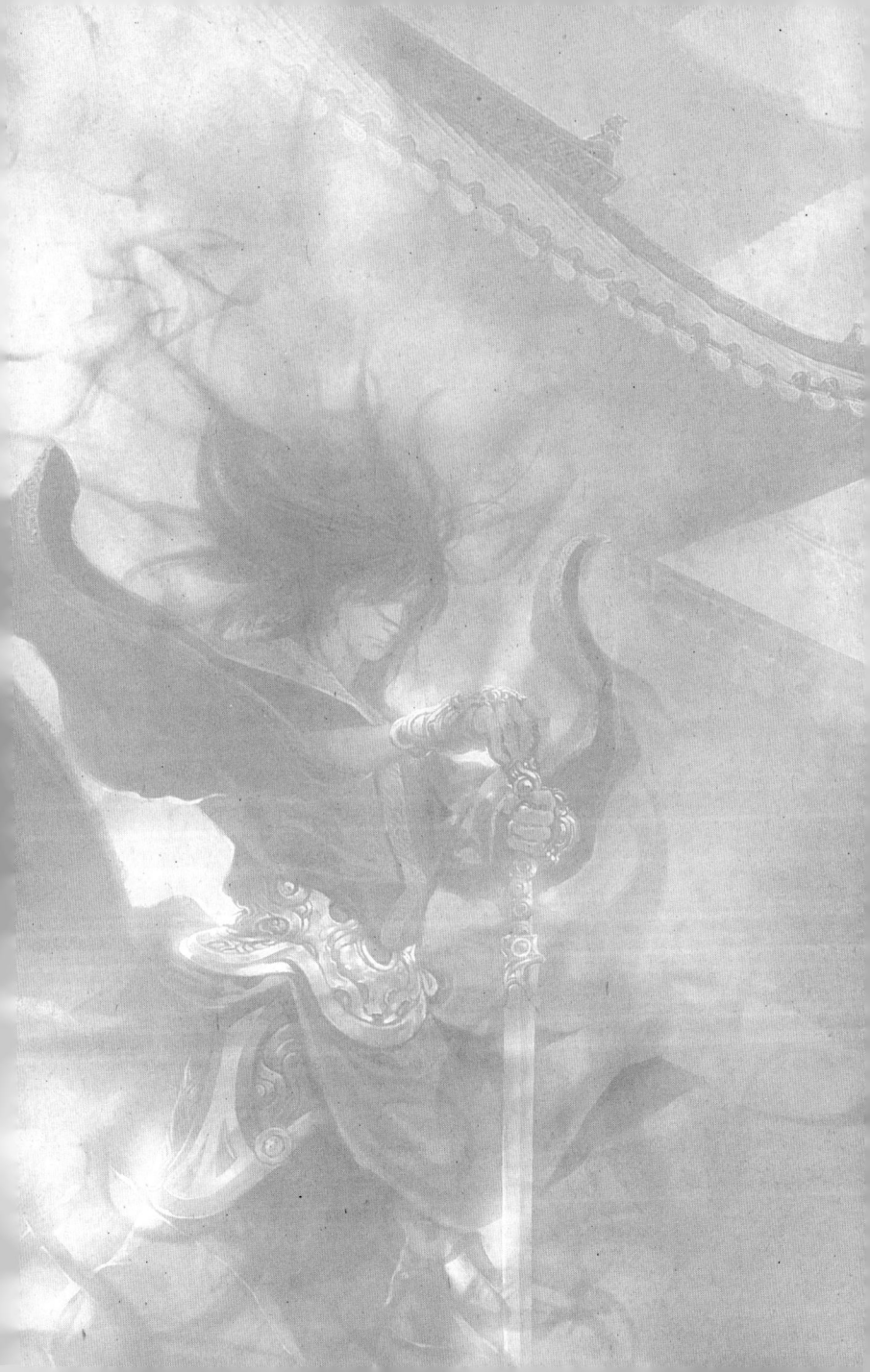

무림은 그야말로 도산검림(刀山劍林)의 세계로, 기라성 같은 고수부터 삼류무사까지 모래알 같은 무인들이 오늘도 살아가고 있다.

당금 무림에는 정사마를 막론하고 황실과 세외를 포함해 열 명의 고수를 가리켜 무림십왕이라고 불렀다.

왕(王)이라는 칭호가 말해주듯이 그들은 하나같이 고강한 무공을 지녔거나, 명망있는 가문이나 문파의 종주들로 구성이 되어 있었다.

그렇다면 가장 강한 무인은 누구일까?

이런 질문이 나온다면 무림십왕 중 한 사람을 선택하는 이는 누구도 없었다.

천외천(天外天).

하늘 위에 또 다른 하늘이 존재하는 법.

바로 무림십왕 위에는 무림십절이 있던 시절부터 쭉 이어져 오던 다섯 명의 지존들이 존재했으니,

무림오존(武林五尊).

개개인 하나가 초절정을 넘어선 화경에 다다른 이들로 그들의 무위를 표현하자면, 손짓 한 번에 산봉우리 하나를 날려 버리고 강을 반으로 갈라 버릴 정도라니, 거의 선인의 경지나 다름이 없었다.

그들 중 검에 최고라고 불리는 검존은 전대 남궁가주의 동생으로, 이미 환갑을 넘긴 나이에 검으로 적수를 찾을 수가 없다고 했다. 현 남궁세가가 검술로 최고라 추앙받는 살아 있는 이유이기도 했다.

검존 역시 남궁세가의 한 사람으로 다분히 욱하는 성격과 명예를 중요시했다. 하지만 세월이 흐르고, 무림에서 가장 높은 한 자리를 차지하고 나서야 그게 부질없음을 깨닫고 그는 가문에 거의 신경을 쓰지 않았다.

그런 그가 은거를 깨고, 가까운 개방의 분타에 나타나자 거지들이 일사불란하게 움직이며 정신을 못 차렸다.

부분타주 적오개 황달이 그나마 정신을 차리고, 서둘러 그를 맞았다.

"어서 오십쇼. 이렇게 미천한 분타에 찾아주셔서 영광일 따름입니다."

남궁백상이 겸연쩍은 얼굴로 백염을 쓸어내렸다.

"흠, 영광까지야. 분타주 계시는가?"

황달은 난감한 얼굴로 덥수룩한 머리를 벅벅 긁으며 말했다.

"송구합니다만, 분타주께서 지금 안 계십니다."

"음? 설마, 노부가 온다는 걸 벌써 알고 몸을 피한 게 아닌가?"

"아이고, 그럴 리가요. 분타주께서 총타에 급한 일이 생기시는 바람에 개봉에 가셨습니다요."

황달은 품속을 뒤적여 빛바랜 양피지를 꺼내서 정중히 남궁백상에게 내밀었다.

"그리고 혹시 검존께서 오신다면, 이것을 전해 드리라고 하셨습니다. 여기……."

"흐음."

남궁백상은 건네 받은 양피지를 살폈다.

양피지에는 그가 분타주에게 묻고 싶었던 정보가 빠짐없이 적혀 있었다.

[호남성 특급 정보]

一. 남궁세가의 소가주가 무사를 대동해 악양의 천하장에 등장.

二. 천하장주와 소가주의 싸움.

결과 : 장주 능사운의 승리.

덧, 청풍검대 무사들의 패배.

三. 남궁세가의 가주가 오백의 무사를 이끌고 악양의 천하장에 등장.

四. 천하장주와 남궁가주의 싸움.

결과 : 장주 능사운의 승리.

덧, 남궁가의 무사 오백이 장주 한 사람에게 모두 박살이 남.

五. 천하장에 들어간 남궁세가 사람들의 감금.

장원 내부의 사정을 조사할 수 없음.

추가사항. 천하장에 대한 조사 내용.

장원이름 : 천하장.

위치 : 호남성 악양의 외곽.

장주 : 능사운.

나이 : 이십대 후반으로 보이나 정확하지 않음.

무공 수위 : 예측 불가.

추측, 남궁세가의 가주를 꺾은 걸로 봐서는 초절정 이상으로 보임.

장원의 인원 : 하인 넷에 시비 한 명.

양피지를 살피는 남궁백상의 눈이 격랑을 만난 사람처럼 거세게 떨렸다.

그는 믿기 어렵다는 듯 탄성을 자아냈다.

"허어, 이자의 무위가 나보다 높다는 건가?"

조사된 내용에 적힌 결과물로만 본다면 무림오존에 버금가거나 능가하는 사람의 소행일 수밖에 없었다.

"대체 오존 중에 누구일꼬? 나머지 오존 중에 반노환동을 한 늙은이가 있던가?"

그가 기억을 더듬어봤을 때, 그나마 마존이나 혈존이 가까워 보였다.

사실 오존끼리는 무위가 비슷비슷했다.

반 수 차이가 나거나 크면 한 수 앞서는 정도였다. 물론 초절정을 넘은 고수들 사이에서 그것은 대단히 큰 차이였다.

거기다가 환골탈태를 넘어 반노환동까지 했다면 이미 화

경의 경지를 뛰어넘어 현경에 도달했다는 소리나 다름이
없었다.

무언가 석연치 않았다.

남궁백상의 눈이 점점 깊어져 갔다.

"혈존이나 마존 솜씨는 아닐 게야. 그들의 소행이라고 하
기엔 너무 평화롭단 말이지. 허허, 이거 갈수록 궁금해지는
구나."

*   *   *

개방 분타를 나온 검존은 거의 쉬지 않은 채 빠른 속도로
호남성 악양에 당도했다. 이미 분타에서 약도를 건네 받은
터라 수월하게 천하장을 찾을 수가 있었다.

"저기로군."

남궁백상은 웅장한 장원을 보고 더더욱 장원의 주인이
누구인지 궁금증이 커졌다.

그가 문 앞에서 정중히 문을 두드렸다.

그리고 얼마 있지 않아 육중한 문이 끼이익 열리면서 그
가 너무나도 잘 아는 남궁진상이 모습을 드러냈다.

"누구시오?"

"……."

남궁백상은 물끄러미 남궁진상을 쳐다봤다.

분명 같은 사람인데 불과 몇 년 전에 봤을 때와는 확연히 달라져 있었다.

귀티가 흐르던 얼굴에는 땟국이 가득했고, 항시 비단적삼을 걸치던 그의 일신에는 누더기에 가까운 허름한 황의까지.

그간 고생의 흔적이 허름한 그의 옷과 수척한 얼굴에서 드러났다.

한편, 남궁진상은 웬 사람인가 싶어 슥 보다가 남궁백상의 얼굴을 보고는 그만 눈에서 닭똥 같은 눈물이 뚝뚝 떨어져 내렸다.

"조부님ㅡ!"

"오냐, 오랜만이구나."

남궁진상은 눈물 콧물을 질질 짜며 서운함을 토로했다.

"왜, 왜, 왜. 이제야 오신 겁니까!"

갑자기 문이 활짝 열리며 남궁무진이 맨발로 황급히 뛰쳐나왔다.

"누, 누가 오셨다고? 아이고, 백부님!"

남궁무진은 남궁백상을 보고 반색을 했다.

"왜 이제야 오셨습니까? 목이 빠져라 기다렸습니다."

그의 호들갑에 남궁백상은 이마에 주름이 늘었다.

남궁세가의 가주라는 사람이 맨발로 뛰어나와 격식도 없이 소가주와 침을 튀겨가며 정신없이 말하다니, 정녕 자신이 아는 그들이 맞는지 의심이 갈 정도였다.

남궁백상은 그들의 말을 끊고 처음 봤을 때부터 이상하리만큼 새하얀 그들의 얼굴에 대해 물었다.

"그만! 네놈들의 얼굴이 왜 그 모양인 게냐?"

남궁무진이 시선을 피하며 대충 둘러대었다.

"아, 아무것도 아닙니다."

하지만 그동안 알게 모르게 쌓인 것이 많은 남궁진상이 무슨 자랑이라도 되는 것처럼 쪼르르 사실 그대로 고했다.

"이게 다 아버님께서 제 말을 안 듣고 그 독밥을 먹어서 그런 겁니다."

"이놈이!"

뒤늦게 남궁무진이 인상을 쓰면서 그를 노려봤으나 이미 남궁백상이 듣고 말았다.

"독밥이라니? 무슨 소리냐?"

"이놈의 장원은 정상이 아닙니다. 장원에 있는 하인 놈들은 모두 간이 배 밖으로 튀어나와 함부로 말을 지껄이지를 않나, 시비라고 하나 있는 계집은 밥에 독을 섞어서 주는 바람에… 저희 사람들 꼴이 말이 아닙니다."

"허허, 괴이하구나. 어찌 사람의 탈을 쓰고 먹는 음식을 가지고 장난을 친단 말이냐?"

"그러게 말입니다. 그뿐만 아니라 변소에 똥이라는 것을 처음 푸는데 그 악취가 얼마나 심한지 아십니까? 으으, 그 건……."

남궁진상이 몸부림을 치며 그간 겪었던 일을 소상히 털어놓았다. 별로 궁금하지 않은 내용까지 세세히 이야기를 하느라 이걸 모두 다 듣다간 서서 꼬박 날을 새야 할 정도였다.

남궁백상이 짧게 한숨을 내쉬었다.

"에효, 그만하면 됐다. 일단 장주를 보러 가자꾸나."

장주라는 말에 두 사람이 반사적으로 몸을 떨었다.

두 부자는 누가 먼저랄 것도 없이 얼굴이 벌겋게 달아올라 흥분했다.

"조부님. 그 장주 놈의 말을 곧이곧대로 들으시면 안 됩니다. 그냥 일검에 베어버리세요!"

"맞습니다. 그놈의 간사한 혓바닥을 조심하셔야 합니다. 얼마나 요망한 놈인가 하면 혓바닥으로 능히 한 문파를 궤멸시킬 정도로……."

그들의 과장된 말에 남궁백상은 벌써부터 머리가 지끈지끈 아파왔다.

이들을 이렇게 만든 능사운의 정체가 더더욱 궁금해지는

그였다.

'도대체 어떤 놈일꼬?'

능사운의 집무실.

남궁백상이 능사운과 단둘이 대면을 하고 있었다.

그는 집무실에 들어와 능사운을 보고 여러 가지로 놀랐다.

가장 먼저 그의 의심과 달리 양피지에 적혀 있던 그대로, 그가 이십대 후반의 사내로 자신에 비해 한참 어리다는 사실에 놀랐다.

그 외에도 자신이 끌어올린 기세에 전혀 주눅이 들지 않은 채 꼿꼿이 맞설 때, 다시 한 번 감탄을 했다.

아직 어린 나이임에도 한 장원의 주인답게 적당히 무게가 잡혀 있는 모습이 밖에 있을 남궁무진과 남궁진상과 비교하니 참으로 대견해 보였다.

남궁백상은 능사운의 칠흑같이 검은 눈을 보았다.

그 깊은 눈속에서 마치 오랜 연륜이 있는 사람에게서 느낄 수 있는, 본능적으로 자신을 보호하려는 기운을 느꼈다.

'훗, 하는 짓이 귀엽구나. 한데… 이 기운은?'

잘 갈아놓은 검의 예기를 마주하는 듯했다.

자칫 그가 검을 뽑고 싶은 충동이 들 만큼 투기를 느꼈다.

'이놈 정체가 뭘까?'

둘이 눈으로 하는 탐색전은 남궁백상이 먼저 입을 열면서 끝났다.

"내 자네를 어디서 본 것 같거늘. 혹 우리 어디서 만나지 않았던가?"

능사운은 과거 낭인왕 시절 먼발치에서 그를 본 적이 있었다.

그러나 지금 그는 낭인왕이 아닌 능사운이었다.

굳이 귀찮게 그걸 밝힐 필요가 없어 고개를 가로저었다.

"저는 뵌 적이 없습니다."

"흐음, 그런가? 자네는 내가 누군 줄 아는가?"

"정확히는 모르나 누군지 짐작은 갑니다."

"허허, 내가 검존일세. 무림동도들이 부족한 이몸을 그런 과분한 칭호로 불러주지 뭔가? 혹 들어본 적이 있는가?"

능사운이 고개를 끄덕이면서 살짝 감탄을 했다.

"호오, 살다보니 무림오존 중 검존을 다 보게 되는군요. 위명이 쟁쟁한 검존께서 어찌하여 직접 오신 겁니까?"

남궁백상은 처음과 달리 근엄한 표정을 지었다. 그리고 목소리에 힘을 실어 물었다.

"그건 자네가 더 잘 알 걸세. 내 긴 말 하지 않겠네. 대체 무슨 장난을 벌인 건가?"

"장난이라니요? 전 호의를 베풀었을 뿐입니다."

"호의라니? 저들이 자네에게 얼마나 큰 실수를 저질렀는지 모르나 저건 조금 과하지 않은가?"

그의 몸에서 미증유의 힘이 흘러나와 능사운의 몸을 짓눌렀다.

그러나 능사운은 무덤덤한 얼굴로 고개를 끄덕였다.

"보아하니 아무것도 모르고 오셨습니까? 거참. 남궁세가 사람들은 사람 말을 끝까지 듣지 않는 것이 탈입니다."

갑자기 기운이 확 사라졌다.

남궁백상은 능사운의 말에 너털웃음을 터뜨렸다.

"껄껄. 원래 우리 남궁가의 사람들이 그런 감이 적지 않지. 하여 과거에도 오해를 수시로 사곤 했으니까. 나도 그 사실을 이 나이가 되어서야 알았다네."

능사운은 가문의 결점을 너그러이 인정하는 남궁백상을 다른 눈으로 보았다.

"호오, 그런 점도 인정을 하실 줄 아십니까?"

"나야 죽을 날이 얼마 남지 않은 늙은이일세. 언제까지고 남궁가의 이름 뒤에서 검존이라는 명예 아래 살 순 없지. 흠흠, 나 역시 밖에 있는 저 아이들이 남궁가의 이름을 입에 달고 사는 모습이 탐탁치는 않다네. 하나 이건 알아주었으면 좋겠구먼. 그만큼 저들이 남궁가를 아끼고 사랑한다는 점을 말일세."

"무슨 말씀인지 잘 알겠습니다. 이제야 말이 통하는 분을
만나 속이 후련하네요."

능사운은 마음이 한결 편안해짐을 느꼈다.

'남궁가에 다 속 꽉 막힌 인간들만 있는 것은 아니었구
나. 그래, 이 사람이라면… 다시 한 번 기회를 줘보는 것
도…….'

능사운이 품속에 고이 간직했던 비첩을 꺼내 그걸 남궁
백상 앞 탁자 위에 올렸다.

"읽어보시지요."

남궁백상이 말없이 비첩을 펼쳤다.

비첩 안에 적혀 있는 서신의 내용을 찬찬히 읽어내려 가
던 그의 눈이 점점 커졌다. 이내 그걸 다 읽은 그가 한껏 상
기된 얼굴로 물었다.

"이게 뭔가? 대체 이걸 누가 보낸 거지?"

"제가 똑같은 내용을 남궁세가에 보냈었지요."

"허, 진짜인가? 이 서신에 적힌 내용 말일세."

"하나의 거짓 없는 진짜입니다."

능사운은 검존이라는 이름의 무게를 믿고 품속에서 낡은
책자 하나를 꺼내 탁자 위에 올렸다.

제왕무적검강(帝王無敵劍剛).

남궁백상이 비급서의 표지에 적힌 빛바랜 글자를 주름진 손으로 쓰다듬더니 그걸 펼쳐 쭉쭉 읽어내려 갔다.

비급을 읽어내려 가는 그의 눈이 점점 커졌다.

"아, 아니, 이것은……?"

그는 제왕검형을 익히지 않았으나 그가 어린 시절 당대 가주가 펼쳤던 그 위력적인 내용이 고스란히 실려 있어 이 비급이 진본임을 확인할 수 있었다.

비급서를 들고 있는 그의 손이 부들부들 떨렸다.

청풍검법을 대성할 때와는 또 다른 전율이 그의 온몸을 휘감았다.

남궁백상이 비급에서 눈을 떼며 무덤덤한 표정으로 자신을 빤히 쳐다보고 있는 능사운을 진정 놀란 얼굴로 쳐다봤다.

"이, 이걸 어떻게 구한 것인가? 가문에서 사라진 지도 무려 백 년 가까이 지난 것을 내 살아생전에 볼 줄이야. 그간 아무리 찾으려고 해도 찾을 수 없었거늘. 허, 대체 어디서 발견을 했나?"

"그걸 꼭 아셔야 하겠습니까? 그걸 아신다고 해서 달라질 것도 없을 텐데요. 저 같으면 그거라도 받을 텐데……."

우회적인 거절에 마지막 말은 협박에 가까웠다.

남궁백상은 자신을 향해 당돌할 정도로 당당한 능사운의 태도에 할 말을 잃고 말았다.

'힘으로 겁을 줄까? 아니야, 이 정도 비급을 순순히 내줄 정도라면… 내가 상상하는 것 이상일지도 몰라.'

능사운의 얼굴은 어느새 무표정하게 변했다.

남궁백상은 자신이 결례를 했음을 깨닫고 미안한 표정을 지었다.

"내 이걸 보고 너무 흥분했네. 미안하이."

"아닙니다."

천하의 검존이 사과를 하다니, 대단한 일임에도 능사운은 여전히 덤덤했다.

남궁백상은 비급서를 한 차례 내려다보고는 물었다.

"정녕 이걸 그냥 돌려주려고 한 것인가?"

"에효, 그렇다니까요. 제 것도 아니고 본래 주인에게 돌려준다고 해도 못 알아먹고 저러니 제 가슴이 오죽 답답할까요?"

"허허, 이 비급서를 돌려주지 않고, 혼자 몰래 익힐 생각은 안 해봤는가?"

그가 석연치 않아 하는 것은 이 점이었다.

남궁가의 가장 상승의 무공은 누구나 탐을 내는 무공임

이 틀림없었다. 그걸 아무런 대가도 바라지 않고, 순순히 돌려준다는 말은 분명히 이상했다.

능사운이 거침없이 말했다.

"굳이 남궁세가의 무공을 익히지 않아도 전 이미 충분히 강하거든요."

그의 자신감을 넘어 오만함에 가까운 태도에 남궁백상은 건방지다기보다 오히려 패기와 솔직함이 마음에 들었다.

남궁백상이 자리에서 벌떡 일어나 포권을 취했다.

"내 남궁가를 대표하여 고마움을 전하네. 남궁가가 자네에게 너무나 큰 선물을 받았구먼. 이 은혜를 평생 잊지 않으이."

"본래 주인에게 돌려주는 일인 걸요. 딱히 고마울 것까지야. 저야 뭐 그 비급서 덕분에 이렇게 하인을 쉽게 구할 수 있었는걸요."

능사운의 말에 남궁백상은 그야말로 허리를 젖히고 시원하게 웃었다.

"흐하하하. 정말 대단한 배포일세. 내 칠십 평생 자네와 같이 배포가 큰 사람은 본 적이 없다네."

"하하. 저 역시 이제껏 꼬장꼬장한 노인네들만 보다가 검존처럼 화끈하신 분은 또 처음입니다."

"오, 그런가? 이거 영광인걸."

"저야말로 그렇습니다."

둘은 서로를 마주보며 한바탕 호탕하게 웃었다.

"흐하하하하."

"하하하하하."

남궁백상은 백염을 쓸어내리며 헛기침을 했다.

"큼큼, 이거 오랜만에 이야기를 많이 했더니만, 목이 다 걸걸하구먼. 혹 이 늙은이가 화끈하게 목 좀 축일 수 있겠는가?"

능사운이 빙그레 미소를 지었다.

"그거야 뭐 어렵겠습니까? 손님이 왔으니 응당 대접을 해야지요."

한편, 능사운의 집무실이 있는 전각 주위를 하인들이 조그만한 틈조차 남기지 않고서 꽁꽁 에워싸고 있었다.

그들은 마치 매미처럼 벽에 착 달라붙어 귀를 쫑긋 세우고 있었다.

장석대가 귀를 댔다가 뗐다가를 반복했다. 검존이 들어간 지 한참이 지났건만 아직까지 안에서 아무런 소리가 들리지 않아 궁금해서 미칠 지경이었다.

"뭐야? 벌써 끝났어? 싸우는 거 맞아?"

"야, 정신 사나워. 가만히 좀 있어라. 원래 고수들끼리는 눈치 싸움만 한나절이 흐른다고."

"흥! 누가 그걸 몰라? 아, 궁금해 죽겠네."

왕봉구의 핀잔에 장석대가 툴툴거렸다.

그러다가 저만치서 귀를 세우고 있던 남궁진상과 눈이 마주쳤다.

남궁진상은 장석대를 보며 냉소를 흘렸다.

그가 소리를 내지 않고 입을 벙긋거렸다. 그리고 그의 검지가 장석대를 가리키더니 엄지로 이내 목을 슥 긋는 시늉을 했다.

장석대가 옆에 왕봉구를 툭툭 쳐서 남궁진상을 가리켰다.

"쟤가 지금 뭐라는 거냐?"

"보면 모르냐? 네놈 목 썼고 기다리라잖아."

"엉? 너도 가리키는데?"

"쓰벌! 난 왜?"

"야, 덩치. 너도야."

검존의 등장에 남궁가의 무리의 자신감은 급격히 상승했다. 그 예로 주변에 남궁가의 무사들이 살기 어린 눈으로 자신들을 노려보자 알 수 없는 오한이 들었다.

하인들이 주변을 살피며 서로 눈치를 보냈다.

'야, 우리 새[鳥]된 것 같은데?'

그들이 도망치고 싶어도 이미 사방이 남궁가의 무사들로

가로막혔다.

이대로라면 능사운이 검존에게 패하는 날이 곧 명년의 제삿날로 바뀔지 몰랐다.

그들은 누구라 할 것 없이 속으로 간절히 능사운의 승리를 외쳤다.

'꼭 이겨야 해요!'

'장주님, 전 장주님을 믿어요.'

'제발.'

검존의 이름이 가지는 무게를 생각할 때, 이미 승부는 불 보듯 뻔해 보였다.

그러나 그들은 기적을 믿었다.

남궁진상은 벌써부터 저들을 어떻게 요리를 할지 콧노래를 흥얼거렸다.

끼이익.

유난히 문의 경첩 소리가 크게 들렸다.

모두의 이목이 전각의 문으로 집중이 되었다.

드디어 누가 걸어 나왔다.

그런데 그 누가가 한 명이 아니라 두 명이었다. 그것도 사이좋게 어깨동무까지 한 그들을 보고 장내의 모든 사람들은 떡 입을 벌렸다.

능사운과 남궁백상이 그들을 보고 씩 웃었다.

남궁가의 무사들은 어리둥절한 표정을 짓는 반면 천하장의 하인들은 어색한 미소를 지으며 당장에 죽을 걱정을 덜 수 있었다.

 하인들이 능사운을 보는 눈이 또 한 번 바뀌었다.

 그건 일종의 경외감이었다.

 '오, 장주시여.'

第十章 동생을 찾아주시오

짹짹.

새 지저귀는 소리와 함께 눈부신 햇살에 남궁백상은 스르르 눈을 떴다.

머리가 지그시 아파왔다. 관자놀이가 뻐근하고 살짝 몽롱한 것이 아직까지 취기가 살짝 남아 있는 모양이었다.

어제를 떠올리자 자신도 모르게 실소가 새어 나왔다.

"허허, 얼마나 마셨는지 뼛속까지 술로 가득 찬 것 같구나."

세월이 흐르고 흐를수록 지인들이 하나둘 그의 곁을 떠

나거나, 그놈의 이름이 무엇인지 만날 기회가 극히 드물었다. 하여 제대로 된 술 상대를 만나기가 어려웠다.

그가 옆으로 시선을 돌렸다.

침상 위에는 능사운이 낮게 코를 골며 곤히 자고 있었다.

그 모습이 천상 이십대 후반의 청년으로밖에 보이질 않았다.

하나 남궁백상의 눈에 비치는 능사운은 절로 미소가 그려지게 만드는 사내였다.

"아직 나이가 이립(而立)에 이르지 못한 것 같거늘. 배포도 대단하고, 더욱이 술 역시 화끈하게 마실 줄 알다니. 내가 제법 괜찮은 동생을 사귄 것 같구먼. 껄껄껄."

남궁백상은 아직 자고 있는 능사운을 놔두고 산보라도 할 요량으로 방문을 열고 나왔다.

어제 경황이 없어 미처 보지 못했는데 장원은 장주를 닮은 것처럼 보면 볼수록 색다른 매력을 지니고 있었다.

"호오, 이런 좋은 곳에서 살고 있다니, 점점 더 아우에 대해서 궁금해지는구나."

남궁백상이 정자에서 연못을 내려다보며 감상에 잠겨 있을 때였다.

어느새 그의 뒤로 남궁무진과 남궁진상이 쪼르르 나타나 문안인사를 올렸다.

"밤새 강녕하셨습니까?"

"오냐."

그들은 밤새 한숨도 못 잤는지 토끼눈처럼 뻘건 눈을 굴리며 조심스레 물었다.

"어떻게 되셨습니까?"

"조부님께서 그놈을… 쓰러뜨리신 거지요?"

기대에 찬 그들의 얼굴들을 보고 있자니 입에서 저절로 한숨이 새어 나왔다.

'어휴, 능제를 탓할 수도 없는 노릇이고. 이놈들을 어쩐다?'

남궁백상이 혀를 끌끌 차며 그들에게 훈계조로 꾸짖었다.

"쯧쯧, 그게 궁금할 정신이 있느냐? 내 네 녀석들 때문에 민망해 얼굴을 못 들고 다니겠다. 대체 눈은 왜 달고 다니느냐? 어찌 저런 귀인을 몰라봐서는."

그러나 두 부자지간은 아직도 상황 파악이 느렸다.

남궁진상이 눈을 멀뚱멀뚱거리며 고개를 갸우뚱거렸다.

"귀인이라니요? 설마 그놈이요?"

"어허! 그놈이라니. 입조심 하거라."

"…예, 송구합니다."

남궁백상의 시선이 남궁무진을 향했다.

"가주. 내 듣기로 분명히 능제가 서신을 보냈다고 하던데 받았느냐?"

"…서신이라 하면, 받긴 받았지요."

"하면, 서신이라 하면……."

주위의 이목이 있는지 남궁백상이 남궁무진에게 전음을 보냈다.

한참 전음을 듣던 남궁무진이 화들짝 놀랐다.

"어, 어떻게 숙부님께서 그 내용을……?"

"이 내용이 맞느냐?"

"그, 그렇습니다."

"어허! 그럼 어찌하여 능제의 말을 무시한 게냐? 제대로 진위 여부도 알아보지 않고서 이런 실수를 저지르다니."

남궁백상의 얼굴에 얼핏 노기가 드러났다.

남궁무진은 능사운이 아닌 자신이 잘못했다는 쪽으로 추궁을 하는 남궁백상에게 억울하다는 얼굴로 호소했다.

"어느 누가 그런 내용을 덜컥 믿습니까? 남궁가의 가주로서 좀 더 냉철해질 필요가 있다고 봤습니다. 하여 먼저 진상이 녀석을 이곳으로 보낸 것입니다."

"그래, 바로 믿기 힘들 수도 있다고 치자. 그렇다면 이곳에 가서 진위 여부를 확인하라고 보낸 것이더냐?"

"그건……."

지은 죄가 있어 차마 거기까지 부정할 순 없었다.

남궁백상이 한심하다는 눈초리로 남궁무진을 내려다봤다.

"한 가문의 수장이란 자가 이리 가벼워서야 원."

"정말 송구합니다."

이 둘 사이에서 눈치를 살피던 남궁진상이 여전히 분위기 파악을 하지 못하고는 이전부터 궁금한 것을 물어왔다.

"조부님. 그런데 왜 조금 전부터 자꾸 능제, 능제 하시는 겁니까?"

"참, 내가 말하지 않았느냐? 너희들에게 또 다른 숙부와 조부가 생겼단다."

남궁백상의 폭탄과도 같은 발언에 부자(父子)가 경악한 얼굴로 소리쳤다.

"예에?"

*   *   *

능사운은 오랜만에 마셨던 술 덕분에 평소보다 더 늦은 시각에 눈을 떴다.

간밤의 일이 새록새록 떠오르자 그의 얼굴에 알 듯 모를 듯한 미소가 내걸렸다.

그때, 옆에서 남궁백상의 인자한 목소리가 들려왔다.

"능제, 일어났는가?"

능사운은 '능제'라는 호칭에 당황한 나머지 벌떡 일어났다. 아직까지 그 호칭이 능글거리면서도 한편으로 나쁘지 않았다.

그러나 그 역시 감정에 솔직하지 않은지 입에서는 앓는 소리를 냈다.

"형님, 또 왜 그러십니까?"

"허허, 형님이 아우를 부르는데 뭐가 어떤가?"

능사운이 한결 편안하게 웃었다.

"하하, 그런가요?"

남궁백상은 아직 자신보다 한참 어린 동생의 또 다른 면에 입가에 미소가 걸렸다.

"내 듣기로 이곳 밥이 특이하다던데? 나이가 드니 입맛도 없고, 어떤 맛일지 궁금하구먼."

"조미료를 좀 과하게 치긴 하지요. 그럼 해장도 하실 겸 식당으로 가실까요?"

"허허, 그러세."

두 사람은 사이좋게 방을 나왔다.

전각을 나오니 그 앞에 남궁 부자가 똥 마려운 강아지처럼 서서는 전전긍긍해하는 것이 보였다.

'저놈들은 또 왜 저래?'

능사운이 의아해할 때였다.

그 둘이 남궁백상과 능사운을 발견하자 후다닥 달려왔다. 그리고 그것으로 끝이 아니라 떨떠름한 얼굴로 정중히 허리를 숙이며 인사를 해왔다.

"장주님, 기침하셨습니까?"

"어, 어."

평소 '장주님' 이라는 말을 죽도록 싫어하던 그들이 친히 찾아와 허리까지 숙이는 경우는 처음이라 의아한 나머지 옆에서 이를 흐뭇하게 지켜보는 남궁백상을 쳐다봤다.

"어떤가? 내 저 녀석들에게 능제 보기를 나 같이 하라고 했네. 암, 내 아우이니 그 정도 대우는 당연하지."

능사운의 입에서 저절로 실소가 피어났다.

"후후, 제가 형님을 어찌 당한답니까? 제가 두 손 두 발 다 들었습니다."

못 말리겠다는 듯 고개를 설레설레 흔들던 능사운이 똥씹은 표정으로 서 있는 그들 부자 앞에 성큼 다가갔다.

그는 남궁무진의 어깨를 툭툭 두드리며 말했다.

"내가 누구라고?"

"장주, 아니 수, 숙부님이시지요."

"오냐, 그래. 때로는 사람이 숙일 줄도 알아야지. 앞으로 그런 마음가짐으로 살아라."

자신보다 아직 어린 능사운의 훈계에 남궁무진의 낯빛이 검게 변했다. 그리고 그의 입에서는 쥐어짜듯이 작은 목소리가 새어 나왔다.

"……예."

그런데 능사운의 가르침은 거기서 끝이 아니었다.

"함부로 사람 무시하면 안 되는 거야. 알겠어?"

"…예."

"아무리 집안이 좋다고 해서 그리 잘난 척을 남발해서 안 돼. 알겠어?"

"…예."

"생각해 봐. 남궁세가가 무수한 역사를 자랑한다고 하나 언제 어떻게 될지는 모르는 거야. 엉? 만약에 형님께서 우화등선이라도 하시는 날에 지금처럼 남궁세가가 위세를 떨칠 것 같아? 그러니까 지금부터라도 가주가 솔선수범해서 세가를 잘 이끌어야지."

"…명심하겠습니다."

남궁무진이 얼굴 표정은 가히 좋지 않으나 고분고분히 이야기를 듣자 능사운은 흡족해했다.

"이거 받게."

능사운이 품속에서 낡은 책자를 그에게 내밀었다.

얼떨결에 그걸 받아 든 남궁무진이 의아한 얼굴로 물었다.

"이게 뭡니까?"

"내 말이 허투루 들렸나? 겉표지를 자세히 봐봐."

남궁무진은 서책을 뒤집어 찬찬히 표지를 살폈다. 그리고 자신이 손으로 짚고 있는 부분에 가려졌던 글자를 찾을 수 있었다.

"제왕… 헙! 이, 이걸 어떻게?"

"내가 남궁세가를 위해 어렵사리 구한 거야. 백상 형님과의 인연을 생각해 자네에게 돌려준 거지. 아니 그렇습니까, 형님?"

"우리 인연이 하루 이틀이던가? 전생까지 합하면 족히 수백 년은 될 터. 껄껄껄."

해괴한 그들의 대화에 부자는 영문을 모르겠다는 표정들이었으나, 그토록 가문에서 찾아헤매던 비급서를 들고 있는 그들의 얼굴은 한껏 밝았다.

선물은 거기서 끝이 아니었다.

능사운은 그들의 집안 어른이 된 기념으로 후하게 인심을 쓰기로 했다.

"내가 돌려주려던 걸 돌려주었으니, 이제 그만 세가로 돌아가도 좋아."

"예? 정말이십니까?"

"그래. 그렇게 세가를 오래 비워둬서야 쓰겠어? 다른 놈들도 밥만 축내니, 모두 데리고 가. 내 백상 형님을 만난 기념으로 특별히 보내주지."

그의 얼굴에 화색이 돌았다.

남궁무진은 비급서를 받았을 때보다 더 기쁜 얼굴로 시키지도 않았는데 고개를 연신 숙였다.

"감사합니다, 정말 감사합니다."

행여 능사운의 마음이 돌변하기라도 할까 봐 남궁무진은 인사도 하는 둥 마는 둥 떠날 채비를 하러 몸을 돌렸다.

덩달아 남궁진상도 이제 끝났다는 듯 후련한 얼굴로 몸을 돌리려는데 뒤에서 남궁백상이 그를 불러세웠다.

"소가주는 잠시 남거라."

"예? 왜 그러십니까?"

"네 녀석의 그 안하무인 성격 때문에 애초에 이런 사단이 벌어졌으니, 너는 남도록 하여라."

그야말로 청천벽력과도 같은 소리였다.

"그, 그게 무슨 소리십니까?"

남궁백상은 자신의 의중을 모르고 사색이 되어 있는 손자 녀석을 꾸짖었다.

"쯧쯧, 이 아둔한 놈아, 네 바로 앞에 이렇게 좋은 스승이 있거늘. 그걸 모르겠느냐?"

"……."

그 소리에 능사운이 놀라 손사래를 쳤다.

"아이고, 형님. 또 왜 그러십니까?"

"허허, 아우 좋다는 게 뭔가? 저 녀석이 저렇게 철이 없는
데 어찌 그냥 내버려 두겠는가? 이 우형을 생각해서라도 한
번만 도와주게나."

"흐음."

능사운은 망설이는 눈치였다.

남궁백상이 저만치서 못마땅한 얼굴의 남궁무진을 가리
키며 사정을 했다.

"그렇다고 저 녀석을 가르치라고 할 수는 없잖은가? 마
음 같아서야 그러고 싶지만, 그래도 명색이 한 가문의 수장
이라……."

남궁무진은 이번엔 자신에까지 불똥이 튀기자 황급히 소
리쳤다.

"그, 그렇습니다. 확실히 저보다야 진상이가 훨씬 낫지
요. 앞으로 세가를 책임져야 할 녀석이니, 잘 부탁드리겠습
니다."

설마 남궁무진이 저렇게 나올 줄은 몰랐던 남궁진상이
그를 애타게 불렀다.

"아버님—!"

"어허, 이놈이! 어르신들의 의견에 따라 넌 여기 남거라. 제대로 배울 때까지 집으로 돌아올 생각은 꿈도 꾸지 말도록!"

"아, 아버님……."

그렇게 결국 남궁세가의 소가주 남궁진상은 그토록 벗어나고 싶었던 천하장에 남게 되었다.

*　　*　　*

떠나라는 능사운의 말에 남궁무진은 일사천리로 준비를 끝마쳤다.

마음이 이렇게 홀가분할 수가 없었다.

그는 이제 떠나기에 앞서 인사를 드리기 위해 집안의 어르신인 남궁백상을 만나러 갔다.

남궁백상은 정자에 앉아 차를 음미하고 있었다.

그에게 다가간 남궁무진이 깊숙이 고개를 숙이며 말했다.

"백부님. 이제 가보려고 합니다."

"오냐, 이번 기회로 많은 걸 배웠으리라 믿는다."

"…예."

짧지만 파란만장했던 하인생활이 주마등처럼 그의 머릿속을 스치고 지나갔다. 어떻게 보면 평생 살면서 경험하기 힘든 경험을 한 건지도 몰랐다. 물론 두 번 다시 하기 싫은 경험이기도 했다.

남궁무진은 재차 인사를 올리고 돌아서려다가 문득 궁금한 것이 있어 다시 몸을 돌렸다.

"숙부님. 그런데 제가 이해가 가지 않은 부분이 있습니다."

"뭐냐?"

"숙부님께서 저런 놈과 인연이 있으시다니, 아직도 믿기지가 않습니다. 정말 예전부터 알고 지내시던 사이이십니까? 그렇다면 처음에 장원에 오셨을 때는 분명……."

딱.

남궁백상이 남궁무진의 이마를 주먹으로 쥐어박았다.

"이놈이 아직도 정신을 못 차렸구나. 내 능제와 의형제를 맺었다는 것을 못들은 게냐? 어허, 이놈이 며칠 더 남아봐야 정신을 차리겠느냐?"

"아이고, 아닙니다. 저는 그냥 하신 말씀인 줄 알고……."

"허허, 네 녀석이나 진상이 녀석은 능제와 검을 겨루어보지 않았느냐? 무언가 느끼는 게 없느냐? 능제가 제대로 검을 든다면 나조차 가벼이 여기지 못하거늘."

"그게 정말입니까?"

남궁무진은 능사운이 자신보다 그저 반 수나 한 수 위 정도의 고수로만 여겼다. 그도 자신이 방심해서 졌을 거라 믿고 있었다. 그런데 남궁백상의 평가는 가히 충격 이상이었다.

"그렇다. 이 우매한 녀석아, 그런 고수와 연을 맺어놓아도 부족할 판에 뭐라?"

"그 정도로 강하신 줄은 미처 몰랐습니다."

"그러니까 네가 아직 멀었다는 것이다. 어젯밤에는 정말 화끈했었지……."

남궁백상은 어제 능사운과 대작을 했던 기억을 떠올리며 고개를 끄덕였다.

"이게 끝까지 갔으면 어떻게 될지 몰랐지. 뭐 능제가 약간 봐준 것 같기도 하고."

그러나 이걸 듣고 있는 남궁무진의 머릿속에는 그와는 전혀 다른 장면이 한폭의 그림이 되어 생생하게 그려졌다.

'절대자들의 피 말리는 대결.'

남궁무진은 그 광경을 상상하는지 자신도 모르게 헛바람을 삼켰다.

"헙!"

"이제야 좀 알겠느냐?"

"앞으로 능 숙부님을 모실 때 가문의 웃어른으로 모시겠나이다."

능사운에 대한 이야기가 한참 무르익어가자 남궁백상은 어젯밤 술자리에서 했던 이야기를 꺼냈다.

"우리 남궁가에서 능제에게 귀중한 걸 받았잖느냐? 하여 세가에서 힘을 써 능제의 잃어버린 동생들을 찾아주었으면 좋겠구나."

사실 비급서에 대한 보답으로 더 큰 걸 생각했던 남궁무진은 그 부탁에 고개를 갸웃거렸다.

"겨우 그겁니까? 그거야 그리 어려운 일이 아니지요. 그런데 왜 직접 찾아보지 않으신 걸까요?"

"흐음. 무언가 깊은 사연이 있는가 보더라."

"그럼 알겠습니다. 정확히 누굴 찾으면 되는 겁니까?"

남궁백상이 기억을 더듬거리며 말했다.

"아마 어릴 때의 이름이 능환, 능화연, 능운비, 능소빈이라 했던가? 지금쯤 가장 나이가 많은 동생이 스물 중반이라고 했고, 가장 어린 동생이 약관이라고 했었지."

"특징은요?"

"남동생 중 하나가 미간에 점이 있고, 손에 데인 자국이 있다고 하던 것 같구나."

"예. 그리고요?"

"그게 다다."

"예에?"

"그게 다라고."

"아니, 이러면 어떻게 찾습니까?"

"그러니까 내 너보고 찾으라는 게지."

남궁무진은 세밀한 정보까지 원한 것은 아니었으나, 너무나 막연해 당황했다.

"고작 이걸로 언제 찾습니까?"

"그거야 네놈이 잘 알 것 아니냐? 개방을 이용하든 하오문을 이용하든, 수단과 방법을 가리지 않고 열심히 찾거라."

남궁무진이 물어도 더 이상 정보가 나오지 않을 거란 걸 알고 고개를 끄덕였다.

"…예."

"참, 동생들을 찾거든 본가에서 아주 귀하게 대접을 하고 있거라."

찾기도 힘든 마당에 대접까지 하라는 남궁백상의 말이 남궁무진은 썩 와 닿지가 않았다.

하지만 이어서 남궁백상이 의미심장한 말을 했다.

"동생을 찾으면 능제가 가만히 있겠느냐? 틀림없이 우리 남궁가나 네놈에게 큰 힘이 되어줄지도 모르지."

남궁무진의 머릿속이 빠르게 회전했다.

'얼마 후면 정천맹에서 회의가 열리지? 그 회의에서 새
로 맹주를 뽑는다 하였으니……'

귀한 비급서도 냉큼 주는 능사운의 성격을 봤을 때, 그가
주는 도움은 검존에 못지않으리라.

거기까지 계산이 되자 남궁무진이 흔쾌히 말했다.

"걱정하지 마십시오. 제가 책임지고 이 일을 해내보겠습
니다."

"오냐, 열심히 하거라."

"예!"

남궁무진의 마음속에는 또 다른 콩밭이 무럭무럭 자라나
고 있었다.

第十一章 부풀려진 소문

天下壯主
천하장주

하루도 조용할 날이 없는 무림에는 다양한 소식과 소문
들이 떠돌았다.

사람들의 귀를 번쩍이는 것부터 눈살을 찌푸리게 하는
등, 그 종류는 하루에 모두 다 들을 수 없을 정도로 방대했
다.

이 무림에 사람들의 이목을 자극할 만한 소문이 점점 들
려오기 시작했다.

─악양의 천하장이란 곳의 장주가 검존과 호형호제 하는

사이다.

정확한 진위 여부를 알 수 없으나 공공연연하게 이 소문
은 소식이 되어 세인들을 통해 점점 퍼져 나갔다. 그리고
사람들은 악양의 천하장을 주목했다.

그러는 사이 악양의 양조장에서 출발한 서찰들이 중원
전역으로 보내졌다. 심지어 청해성 너머 마교에까지 서찰
이 들어갔으니.

서찰이 보내진 곳은 하나같이 무림에서 손가락에 꼽을
정도로 대단한 위세를 자랑하거나 강력한 힘을 가진 곳들
이 대부분이었다.

귀주성의 패자로 군림하고 있는 담혼가.

사황성에 속한 사도세가 중의 한 곳으로, 그들은 불과 며
칠 전에 한 통의 서찰을 받았다.

담혼가주 남우생은 서찰을 받은 뒤로 사황성에서 열리는
회의에 참석하는 횟수가 줄어들었고, 집무실에 틀어박혀
나오지 않은 날이 많아졌다.

그는 집무실에 앉아 탁자 위의 서신을 들었다 놓았다가
를 반복했다.

이내 그의 입에서 긴 한숨이 새어 나왔다.

"휴우—"

그의 근심을 자극하는 서찰에는 담혼가에서 실전된 무공에 대한 이야기가 언급이 되어 있었다.

…멸음쇄혼권(滅音碎魂券)을 되찾고 싶거든, 악양에 있는 천하장으로 오시오…….

그는 처음엔 그냥 헛소리려니 치부했다가 장원의 이름을 듣고 반신반의했다.

악양의 천하장.

신투의 보물창고가 있을지 모른다는 그곳으로 찾아오라는 의미심장한 내용에 머리가 지끈거렸다.

남우생은 머릿속이 복잡했다.

"설마 이놈이 창고를 찾은 것일까?"

그러나 이내 고개를 저었다.

"그렇다면 굳이 알릴 필요가 없잖아? 이 사실을 내게 왜 알린 것일까? 대체 왜?"

의문이 꼬리에 꼬리를 물고 이어졌다.

이 내용의 진위 여부를 확인하기 위해서라도 일단 천하장에 가는 수밖에 없었다. 하지만 모두의 이목이 몰린 그곳으로 움직이는 것은 결코 쉬운 일이 아니었다.

남우생은 은밀히 세작을 보내보기도 했다.

그러나 이미 남궁세가가 먼저 움직이는 것을 알고는 기다릴 수밖에 없었다.

그렇게 초조한 시일이 흘렀다.

남궁세가의 무리가 천하장에 들어가 나올 생각을 하지 않았다.

그 속을 알 수 없어 너무나 답답했다.

그리고 며칠이나 지났을까?

엎친 데 겹친 격으로 이번엔 검존이 등장했다.

남우생은 섣불리 움직일 수 없는 입장이 되고야 말았다.

"그냥 모른 척할까? 아니야, 이게 소문이 나면 안 돼. 어떻게든 이걸 보낸 놈이랑 담판은 지어야 하는데⋯⋯."

그가 끙끙거리고 있을 때, 문이 열리며 담혼가의 총관 무한양이 헐레벌떡 들어왔다.

"가주! 드디어 남궁세가의 무리가 천하장을 나와 안휘성으로 되돌아가고 있다고 합니다."

"오, 그래? 검존도?"

"그건 아직 확인되지 않았습니다."

"그래?"

남우생은 기뻐했다가 금세 실망했다.

무한양이 남우생의 눈치를 살피며 조심히 말했다.

"어떻게? 그자와 접선을 할까요?"

"아니야. 그냥 직접 그자와 만나겠다. 은밀히 추진하도록."

"존명."

바야흐로 천하장에 새로운 구름이 몰려들기에 이르렀다.

*　　　　*　　　　*

남궁무진이 돌아오자 남궁세가는 급격히 안정을 찾았다. 그리고 그가 세가에 와서 가장 먼저 한 일은 사람을 찾는 일이었다.

개방과 하오문 등 정보를 다루는 집단을 모조리 부른 뒤에 그들에게 그가 들었던 내용을 토대로 의뢰를 맡겼다.

그뿐만 아니라 사람들을 시켜 중원 전역에 사람을 찾는다고 널리 알렸다.

검존이 은거를 깬 것도 모자라 사람을 찾는다는 남궁세가의 이런 갑작스러운 움직임에 세인들은 저마다 쑥덕였고, 급기야 소문이 무성하게 피어났다.

본래 소문이란 게 마치 솜 같아서 점점 부풀려지기 마련이다.

남궁세가에서 사람을 찾는다는 소문은 안휘성을 지나 산

서성에 이르자 그들이 찾는 사람들이 검존의 제자라는 둥, 남궁가주의 숨겨진 자식이라는 둥 갖가지 소식들이 난무했다.

사천성에도 이와 다르지 않은 괴소문이 났는데, '남궁세가에서 중죄를 저지른 악적들을 찾는다는 소문이 은연중에 떠돌았다' 가 그 내용이었다.

사천성 쌍류에 위치한 고서점.

인근에 비해 제법 규모가 큰 고서점에는 주인을 제외하고도 일하는 사람이 무려 세 명이나 되었다.

오늘도 먼지가 쌓인 서책의 먼지를 탈탈 털고, 햇볕에 말리는 작업을 하고 있던 강비환에게 같이 일을 하는 동료인 모단기가 양피지 하나를 들고 다가왔다.

"야, 비환아."

"왜? 바빠 죽겠는데."

"내가 서책을 배달하고 오는 길에 말이야, 남궁세가에 중죄를 짓고 도망친 악적을 잡는다는 벽보를 뜯어가지고 왔거든?"

강비환은 다른 서책을 하나 집어 들면서 그를 비웃었다.

"크크, 미친놈. 잡아서 현상금이라도 벌려고?"

"야, 그게 아니라 이거 한 번 봐봐."

"봐서 뭐해? 난 그런 거 관심없다."

"봐보래두. 이거 네 이야기인 것 같아서 그래."

모단기의 목소리가 심상치 않자 강비환이 벽보를 건네받아 슥 살폈다.

사람을 찾습니다.

이름 : 능환.

나이 : 이십대 중반으로 추정.

특징 : 미간 사이에 점이 있고, 손에 화상 자국이 있음.

간략하게 적혀 있는 것들을 내려다보던 강비환의 눈이 일순간 흔들렸다.

모단기가 옆에서 벽보를 가리키며 외쳤다.

"너 맞지? 미간에 점이 있고, 손에 데인 자국까지. 딱 너 아니야? 나이도 비슷하고."

강비환은 벽보를 구겨서 바닥에 던져 버렸다.

"이거 나 아니야."

"정말이야? 너 손에 그거 화상 자국 아니야?"

"네가 잘못 안 거야. 이건 태어날 때부터 나 있던 곰보 자국이거든. 그러니까 쓸데없는 소리할 시간에 너도 일이나

도와라. 점주님이 이거 모두 오늘까지 다 털어놓으란다."

모상기는 미심쩍은 눈으로 고개를 갸웃거렸다.

"아닌가? 맞는 것 같은데……."

"빨리!"

"아, 알았어. 누가 안 한 대?"

기분이 상했는지 모상기가 서책을 들고 툭툭 먼지를 털
었다.

한편, 서책을 꺼내는 강비환의 눈빛이 묘하게 변했다.

'이런, 제기랄.'

그날 밤, 고서점에서 검은 인영 하나가 어둠속으로 홀연
히 사라졌다.

*   *   *

남궁세가에서 사람을 찾는 일은 일파만파로 커져 한동안
중원에서는 그와 동명이인이거나 비슷하게 생긴 사람들은
상당히 고초를 겪었다.

각 성마다 조금씩 변질된 소문에 시달리는 것에 비해 하
북성은 크게 영향이 없었다.

그도 그럴 것이 하북성 북경에서는 또 다른 굵직한 소문
이 눈덩이처럼 커져 사람들 사이에서 떠돌고 있었던 것이

었다.

북경의 저잣거리.

일단의 금의위들이 바쁘게 걸음을 움직이며 누군가를 찾는 듯했다.

주변 객잔에는 일신에 흑풍의를 걸친 동창 요원들이 양해도 없이 일일이 객실의 문을 열어 그 안을 수색하기까지 했다.

대체 그들은 누굴 찾는 것일까?

그에 대한 해답은 바로 한 가지 소문에 있었다.

―천명의 딸인 소연 공주가 황실에서 감쪽같이 사라져 버렸다.

호남성 악양에서 북경의 자금성으로 올라온 소연 공주가 황궁에서 생활한 지 불과 반년 만에 철통같은 자금성 안에서 흔적도 없이 사라지자 이 일로 황실이 발칵 뒤집혀졌다.

그도 그럴 것이 소연 공주는 머지않아 왜국의 왕자와 혼약을 하기로 되어 있는 상태였다.

이 일로 인해 소연 공주의 부친인 천명왕뿐만 아니라 당금 대명의 황제인 영락제 역시 분노가 이만저만이 아니었다.

영락제가 모든 금의위와 동창에게 명했다.

―당장 소연 공주를 찾아와라!

금의위와 동창의 일사불란한 움직임에 사람들은 관심을 가지지 않으려야 않을 수가 없었다.

그렇다 보니 북경에서 시작된 이 소식이 점점 커지면서 사람들 사이에서 과장되고 말도 안 되는 소문으로 부풀려지기도 했다.

'소연 공주가 납치를 당했다'를 시작으로 '좋아하는 정인이 있어 같이 야반도주를 했다' 등 갖가지 소문만이 무성했다.

어느 하나 밝혀지지 않은 채 소연 공주의 행방은 오리무중(五里霧中)이나 다름이 없었다.

한동안 북경을 뒤지던 동창은 하북을 넘어 중원 전역에까지 소연 공주를 찾아 움직이기에 이르렀으니, 황실삼대고수 중에 한 사람이자 무림십왕의 한 사람이기도 한 충왕이 움직였다는 소문이 파다했다.

*   *   *

악양 변두리에 있는 양조장.

손두호는 간만에 방에 누워 한가로이 오수(午睡)를 즐기고 있었다.

그동안 능사운의 뒤치다꺼리로 이곳저곳 서신을 보내느라 죽을 맛이었다. 대체 왜 자신이 이 일을 해야 하는지 그 이유도 모른다고 억울함을 호소해 봐도 '넌 이미 공범이야. 잊었어?'라는 무시무시한 협박에 울며 겨자 먹기로 그의 말을 따랐다.

그리고 이제야 편해지나 싶더니, 남궁세가의 소가주를 시작으로 가주 그리고 검존까지 악양에 등장하면서 하오문 총타에서 보내오는 정보 요구에 진땀을 흘려야만 했다.

이 모든 게 다 그 악귀 같은 능사운 때문에 벌어진 일이었다.

그나마 다행인 점은 능사운이 남궁세가에 대한 정보를 간간히 알려준 덕분에 총타 내에서 입지를 제법 굳힐 수 있었다.

'서찰도 다 보냈겠다. 이제 당분간 안 찾아오겠지?'

남궁세가의 무리가 본가로 돌아가고, 그도 숨을 돌리고 비로소 여유라는 것이 좀 생기는가 싶었다.

'캬하, 조용하니까 좋다.'

이 작은 평화에 그는 너무나 행복한 얼굴로 잠에 빠져들었다.

그가 한나절이나 잠을 청했을까?

침상에 누워 잠을 청할 때, 그 혼자이던 방 안에 어느새 두 사람이 더 늘어나 있었다.

먼저 일신에 흑의 경장을 두르고 머리에 삿갓을 쓴 여인은 전체적으로 차가운 냉기를 뿜고 있었다. 얼핏 드러난 그녀의 눈매는 상당히 날카로웠다.

이어서 그녀의 뒤에 서 있는 여인은 일신에 황색 장포를 두르고 있었는데, 머리까지 깊숙이 눌러쓰고 있었다. 또한 면사를 두르는 것이 얼굴을 숨기는 듯했다.

삿갓여인이 정신없이 잠에 취해 있는 손두호의 목을 검으로 겨누며 다른 여인에게 말했다.

"바로, 이자입니다."

손두호는 아무것도 모른 채 목에서 서늘한 기운을 느끼고 부스스 눈을 떴다. 그리고 자신을 매섭게 내려다보는 여인을 보고 흠칫 놀랐다.

"응? 누, 누구냐?"

"네가 하오문 악양 분타주 손두호렷다?"

"꿀꺽. 서, 설마 살수? 누가 보, 보낸 것이냐? 내, 내 뒤에는 무시무시한 악귀가… 커헉!"

삿갓여인이 발로 손두호의 복부를 걷어찼다.

"시끄럽다. 조용히 묻는 말에나 대답해라."

손두호가 배를 부여잡고 고분고분히 말했다.

"크, 크으. 말씀하십쇼."

"네놈이 유화장을 사들인 것이 맞느냐?"

"유, 유화장? 처음 들어보는 장원입니다만."

"흥! 악양 외곽에 있는 장원을 모른다고 발뺌할 셈이냐?"

그녀의 말에 손두호는 정신이 번쩍 들었다.

'쓰벌! 이거 왠지 불안한데?'

"아, 압니다요. 알고말고요. 그 천하장을 말씀하시는 거지요?"

"지금은 그런 괴상한 이름으로 불린다고 하더군. 내 기억하기로 네놈이 장원을 인수한 걸로 아는데, 왜 네놈이 아니라 다른 놈이 장주인거지?"

"거, 거기에는 복잡한 사정이……."

"시끄럽다. 우린 그 장원을 돌려받기를 원한다."

"예?"

그건 여기서 죽지 말고 능사운의 손에 죽으라는 소리와 다름없었다.

"흥! 값은 치러주겠다. 그러니 장원을 다시 내놔라."

"끄응, 그건 좀 힘들 것 같은데요?"

"뭣이라? 본래 주인이 다시 옛 집을 되찾겠다고 하는데 네까짓 천한 놈이 감히!"

손두호는 그녀의 서슬 퍼런 기세에 움찔 놀랐다가 문득 옛 주인이란 말에 화들짝 놀랐다.

"호, 혹시 소연 공주?"

그의 말에 황색 장포를 두른 여인이 움찔했다.

이어서 삿갓여인은 아차하며 급히 손두호의 목 바짝 위로 검을 올렸다. 그리고 그에게 경고했다.

"쉿! 입을 함부로 놀렸다간 목에 바람구멍을 내줄 거야. 알겠어?"

"······."

손두호가 필사적으로 고개를 끄덕였다.

삿갓여인이 검을 좀 내려주고 나서야 그가 식은땀을 흘리며 안도의 한숨을 내쉬었다.

"휴우."

"이렇게 된 것 장원 문서를 내놓아라."

"무, 문서는 제 손에 없는데요?"

"그럼 어디 있단 것이냐?"

"그, 그건 지금 천하장의 장주에게······."

삿갓여인이 미간을 찌푸렸다.

"이런 천박한 장사치 같으니라고. 그 새를 못 참고 판 것이로구나. 지금 당장 장원에 가서 그 장주 놈을 불러오너라."

"다, 당장이요?"

"그렇다. 만약 머리를 굴려 이상한 짓을 벌인다면 황실법에 의해 네놈의 구족을 멸해줄 테다."

삿갓여인의 협박에 손두호가 마른 침을 삼켰다.

'그 악귀 놈을 불러도 난 죽고, 안 불러도 죽게 생겼구나.'

손두호는 그녀의 살기에 못 이겨 방을 나왔다.

유난히 오늘따라 하늘이 푸르게 시렸다.

그가 하늘을 올려다보며 울먹이는 목소리로 중얼거렸다.

"대체 저한테 왜 그러시는 건데요? 네?"

호남성 악양.

이곳은 하루도 조용할 날이 없었다.

『천하장주』 3권에 계속…

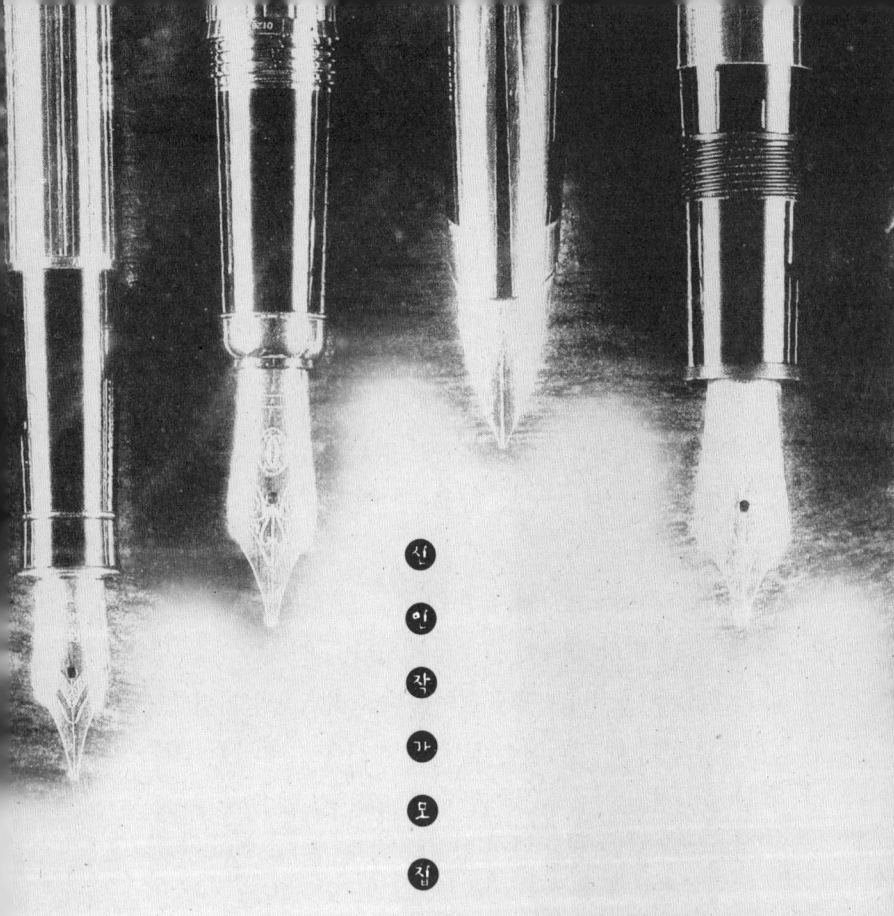

신
인
작
가
모
집

시작이 반이라고 했습니다.
작가의 길에 대한 보이지 않는 벽을 과감히 깨뜨리십시오!
청어람은 작가 지망생 여러분들의
멋진 방향타가 되어드리겠습니다.

저희 도서출판 청어람에서는
소설 신인 작가분들을 모집합니다.
판타지와 무협을 사랑하시는 분들의 많은 참여를 바랍니다.
소정의 원고(A4용지 150매)를 메일이나 우편으로 보내주시면
검토 후 출판 여부를 알려드리겠습니다.

주소: 경기도 부천시 원미구 심곡2동 163-2 서경B/D 2F 우편번호 420-822
TEL: 032-656-4452 · **FAX**: 032-656-4453
http://www.chungeoram.com
e-mail: chungeoram@chungeoram.com

Dragon order of FLAME 폭염의 용제

김재한 판타지 장편 소설

「사이킥 위저드」, 「마검전생」의 작가 김재한!
그가 그려내는 새로운 액션 히어로가 찾아온다!

모든 것을 잃고 복수마저 실패했다.
최후의 일격마저 막강한 레드 드래곤 앞에서 무너지고,
죽음을 앞에 둔 그에게 찾아온 또 하나의 기회!

"네 운명에 도박을 걸겠다."

과거에서 다시 눈을 뜬 순간,
머릿속에 레드 드래곤의 영혼이 스며들었을 때,
붉은 화염을 지배하는 용제가 깨어난다!

강철보다 단단한 강체력을 몸에 두른
모든 용족을 다스리는 자, 루그 아스탈!

세상은 그를 '폭염의 용제'라 부른다!

Book Publishing CHUNGEORAM

유행이 아닌 자유추구 -
WWW.chungeoram.com

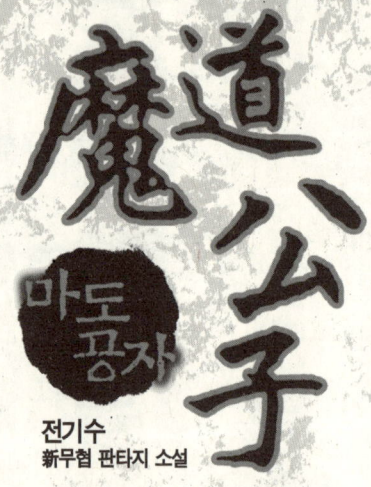

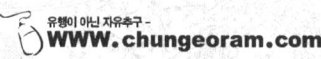

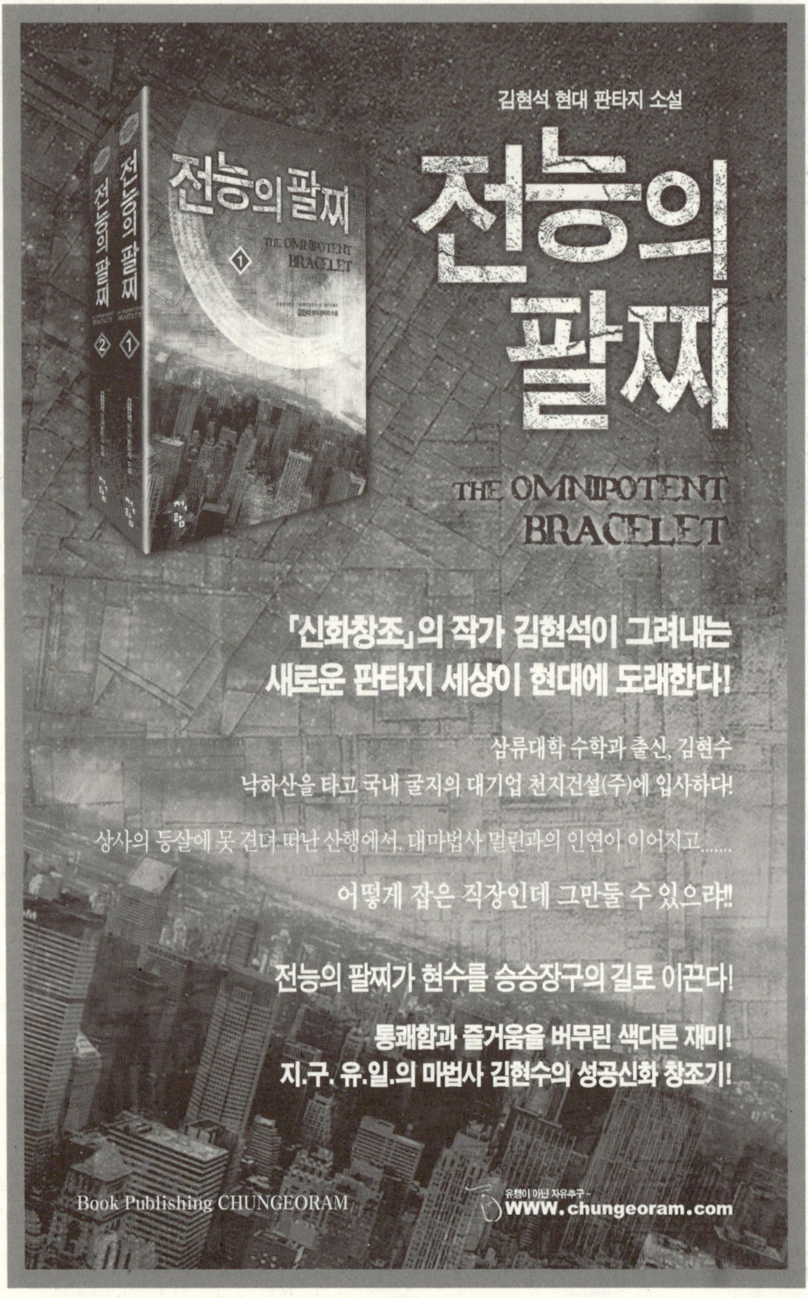
김현석 현대 판타지 소설
전능의 팔찌
THE OMNIPOTENT BRACELET
「신화창조」의 작가 김현석이 그려내는
새로운 판타지 세상이 현대에 도래한다!
삼류대학 수학과 출신, 김현수
낙하산을 타고 국내 굴지의 대기업 천지건설(주)에 입사하다!
상사의 등살에 못 견뎌 떠난 산행에서, 대마법사 멀린과의 인연이 이어지고……
어떻게 잡은 직장인데 그만둘 수 있으랴!
전능의 팔찌가 현수를 승승장구의 길로 이끈다!
통쾌함과 즐거움을 버무린 색다른 재미!
지.구. 유.일.의 마법사 김현수의 성공신화 창조기!
Book Publishing CHUNGEORAM
유행이 아닌 자유추구 -
www.chungeoram.com

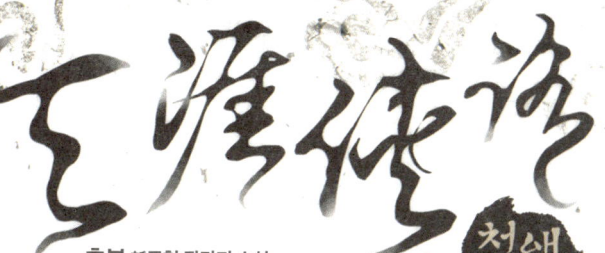

촌부 新무협 판타지 소설
FANTASTIC ORIENTAL HEROES

천애
협로

『우화등선』, 『화공도담』의 뒤를 잇는
작가 촌부의 또 하나의 도가 무협!

무림맹주(武林盟主), 아미파(峨嵋派) 장문인(掌門人),
군문제일검(軍門第一劍), 남궁세가(南宮勢家)의 안주인.

그들을 키워낸 어머니-
진무신모(眞武神母) 유월향(柳月香)!

어느 날, 그녀가 실종되는데…….

"하, 할머니는 누구세요?"

무한삼진의 고아, 소량(少雨)에게 찾아온 기이한 인연.

세상과 함께 호흡을 나눌 수 있다면[天地同息]
천하의 이치를 모두 얻으리래[天下之理得]!

이제, 천하제일인과 그녀가 길러낸
마지막 자손의 이야기가 펼쳐진다!

Book Publishing CHUNGEORAM

WWW.chungeoram.com

SWORD SLAYER

소드 슬레이어

류연 판타지 장편 소설

FANTASY FRONTIER SPIRIT

그날로 돌아간 그 순간부터 입버릇처럼 붙은 한마디.

"생각해라, 아서 란펠지."

귀족 반란에 휘말린 채 죽어야 했던 기사, 아서 란펠지.
600년 전 마룡 카브라로 인해 봉인당한 세 용사의 영혼.
버려진 이름없는 신전에서 그들이 만났을 때
운명은 또 다른 전설의 서막을 알렸다!

소드 슬레이어!

힘없이 죽어간 모든 인연들을 위하여
무력하고 허망했던 어제를 딛고
멈추지 않는 오늘을 달려 내일을 잡아라!

위선에 가득찬 검들을 향해
여섯 번째 마나 소드, 에스카룬의 검이 질주한다!

Book Publishing CHUNGEORAM

유행이 아닌 자유추구 -
WWW.chungeoram.com

2011년 대미를 장식할
준.비.된. 작가 정민교의 신무협이 온다!
『낭인무사(浪人武士)』

"죄수 번호 사천이백삼, 담운!"
"......!"
"출옥이다."

만두 하나.
고작 그 하나에 이십 년 옥살이를 한 소년, 담운.
그 답답하고 억울한 마음을 풀어낸다!

무림맹! 구대문파! 명문세가!
겉만 번지르르한 놈들은 다 사라져라!
겉과 속이 다른 너희들을 심판하러 내가 왔다!

Book Publishing CHUNGEORAM

유행이 아닌 자유추구 -
WWW.chungeoram.com